COMTE FERNAND DE RESSÉGÜIER

SOUVENIRS

D'UNE

COURSE A ROME

TOULOUSE

IMPRIMERIE DOULADOURE-PRIVAT

39, RUE SAINT-ROME, 39

1881

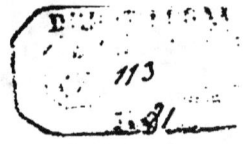

SOUVENIRS

D'UNE

COURSE A ROME

COMTE FERNAND DE RESSÉGUIER

SOUVENIRS

D'UNE

COURSE A ROME

TOULOUSE

IMPRIMERIE DOULADOURE-PRIVAT

39, RUE SAINT-ROME, 39

1881

EN WAGON

TOULOUSE A ROME

---

13 décembre 1878.

Aujourd'hui que tout le monde a été partout, ce serait une grande prétention que d'écrire un voyage. — Non-seulement tout a été vu, mais tout a été décrit. Les impressions, les admirations, les enthousiasmes qu'excitent ou que doivent exciter la vue des lieux et le spectacle des mœurs ont été si abondamment recueillis et si bien notés qu'il n'y a plus rien à glaner.

On peut, avant de se mettre en route, acheter à bas prix et mis en un volume portatif l'itinéraire de

la route, la description des merveilles qu'elle of-
frira, et apprendre à se tenir convenablement ému
et suffisamment ébloui ou charmé en face du Vésuve
en éruption, ou des charmants paysages du lac de
Côme. — Le tout est de bien savoir par cœur son
guide Joanne, de ne pas se tromper de page et de
placer avec discernement les différentes formules
mises à votre disposition, depuis joli, charmant,
jusqu'à splendide, et peut-être même *shoking*. — Ce
serait cependant se priver d'une grande joie que de
ne point se raconter à soi-même ses aventures au-
thentiques et personnelles. Il est si vrai qu'on jouit
d'un voyage au moins autant par le souvenir qu'il
laisse que par l'émotion momentanée qu'il a fait
naître! Pour qu'il soit complet, il faut se donner
l'occasion de le refaire un jour par la pensée et de
retrouver la trace de ses pas lorsque la vie séden-
taire se sera de nouveau emparée de nous.

D'ailleurs, on a beau écrire; les revenants de
l'un et de l'autre monde ont beau nous dire leurs
contes, par suite des révolutions accomplies en ces
dernières années, bien des pays ont changé d'aspect.
Ainsi l'Allemagne, ainsi l'Italie morcelées et divisées

toutes deux naguère, unifiées toutes deux aujour-
d'hui en deux grands empires, n'ont plus la même
physionomie. La géographie n'est plus la même, les
centres sont devenus des rayons; des capitales vivan-
tes et séculaires qui retenaient l'étranger chez elles,
par l'attrait qu'offraient des cours princières et une
aristocratie locale, sont devenues de solitaires villes
de province. On les visite à la hâte, on ne les habite
plus. Si les lieux et les horizons restent les mêmes,
es événements ont profondément altéré le caractère
de ces contrées. Les bases sur lesquelles elles se
reconstituent sont plus ou moins éphémères, mais
elles sont certainement toutes nouvelles.

Je me réfugie donc dans mon carnet, et j'y vais
inscrire modestement d'un côté la dépense de ma
route, de l'autre la recette de mes impressions.

.·.

Parti de Toulouse, le 12 décembre 1878, à onze
heures du soir, par une pluie froide et pénétrante,
je me réveille sur les bords de la Méditerranée, par
une belle matinée d'hiver. Quel dommage d'être

pressé! Nimes avec ses souvenirs antiques et ses
monuments si admirablement conservés serait une
si bonne préparation à un voyage outre-monts. Arles,
Orange, Avignon, Fréjus, Marseille elle-même four-
niraient une préface historique, religieuse et admi-
nistrative, excellente pour entrer en campagne. Mais
je suis appelé en Italie, je n'ai que le temps de
présenter mes excuses à notre belle Provence, et en
trois jours je vais dévorer cette distance, regardant
par la portière de mon wagon, et ne me donnant
d'autre répit que celui qu'exige le changement des
trains et quelques couchées indispensables. — On
pourrait à la rigueur aller plus vite encore, arriver
comme une lettre en trente-huit heures, en attendant qu'on découvre le moyen de courir en quarante
minutes, comme une dépêche sur le fil électrique.
Ce progrès n'étant pas encore réalisé, je me contente
du *rapide* qui me fait franchir 644 kilomètres en
quatorze heures, et je m'arrête à Nice.

Nice est charmante à voir. Assise au pied des
Alpes qui lui servent de rempart et qui la mettent
en espalier, elle se chauffe au soleil et se rit des
rigueurs de l'hiver. — Son climat, que ne justifierait

peut-être pas sa latitude, est doux comme celui de
Naples, et elle a sur Naples l'avantage d'être à portée
de l'Europe centrale. L'accès en est si facile qu'on
s'y rend en quelques heures de Londres, de Paris
ou de Berlin. On y entend tout ce qui se passe dans le
monde civilisé : toutes les nationalités y sont repré-
sentées. Elles y forment des groupes qui se mêlent,
se fréquentent, mettent en commun leur diversité, et
donnent à l'existence l'allure des salons d'une capitale jointe au laisser-aller de la vie des eaux. On y
trouve à la fois toute l'animation factice d'une saison d'hiver et toutes les réalités naturelles d'un printemps que le bon Dieu vous offre en plein mois de
décembre. Italienne par son langage qui n'est cependant pas encore de l'italien et qui n'est plus du
provençal, Nice est, par sa population cosmopolite
recrutée sur tous les points du globe, une ville
essentiellement universelle. Les Anglais viennent s'y
épanouir, les Russes s'y dégeler, les riches ou les
blasés y cherchent les émotions du jeu ou de la
nature, et les vieux et les malades s'y ravivent et
s'y rajeunissent sous l'influence bienfaisante des tiè-
des haleines du Midi.

Elle était il y a peu d'années encore une station

agreste et pittoresque en pleine nature et en simple
déshabillé du matin. La vie y était libre et facile.
On la traversait en chaise de poste, et l'on s'y arrê-
tait un instant avant de gravir la célèbre et péril-
leuse corniche suspendue dans les airs, qui conduisait à Gênes. On n'y hivernait que par ordre de la
Faculté, lorsqu'on était bien réellement atteint et
convaincu d'une bonne phthisie caractérisée ou d'un
rhumatisme chronique et rebelle. Avec Venise et
Pise elle partageait cette spécialité de triompher
des maladies de poitrine. Menton, Cannes, Hyères,
Saint-Remo n'étaient point encore inventées, et ne
s'étaient pas posées en sœurs hospitalières rivales.
Aujourd'hui la côte entière qui du golfe Juan s'étend
jusqu'aux portes de Savone est une vaste infirmerie
européenne. La moindre bourgade abritée dans un
repli du rivage se dit être la meilleure des stations
d'hiver, la seule où il ne gèle jamais, où il ne neige
pas, où le vent du nord est inconnu, et où, par conséquent, les malades guérissent infailliblement. Nice
paraît avoir renoncé à ce vieux privilége. Je ne vois
pas trop le lieu paisible où vivraient en repos de
vrais malades au milieu du tohu bohu et de l'agi-
tation incessante de tous les gens si bien portants

qu'on y rencontre. Je constate, en outre, qu'aujourd'hui, 13 décembre, il gèle, et j'appelle en témoignage le thermomètre qui ne sait pas mentir ; il est descendu à 4 degrés au-dessous de zéro.

Comme les villes nouvelles qu'adopte la mode et qu'enrichit l'or de l'univers entier, Nice a perdu son originalité native. Avec cette servilité inexplicable qu'ont toutes les cités de ressembler à Paris, les édiles niçois ont copié les boulevards, les platanes, les arcades de la rue de Rivoli et la devanture des grands magasins. Pour un peu ils auraient fait venir aussi la Seine elle-même et le ciel gris par dessus le marché ! — Omnibus, tramways, landaus, chaises roulantes circulent à l'envi, de la promenade des Anglais au quai Maritime. Les hôtels sont spacieux, les villas élégantes et royales. Une fenêtre au midi, l'ombrage d'un palmier, la vue de la mer se payent à beaux deniers comptant, car l'air, la flore, le soleil sont mis en commandite avec un grand talent, et il faut reconnaître que les 50,000 habitants sédentaires qui reçoivent à Nice la population flottante et étrangère lui font bonne mine, mais la lui font aussi payer sans scrupule et sans merci.

Ces transformations si fréquentes de nos jours, qui

font passer petites capitales des villes de quatrième
ou de cinquième ordre, comme des grisettes qu'un
mariage aventureux fait monter en carrosse blasonné,
leur laissent aussi le caractère des parvenus. — On
ne se sent pris pour elles d'aucune sympathie profonde. Ce n'est point le temps ou la tradition qui
ont élevé ces édifices. Tout est neuf et sans caractère. On y a construit des églises selon toutes les
croyances, russes, ritualistes, méthodistes, évan-
géliques, comme on y a installé des bains chauds,
des bains froids, et un skating pour la plus grande
gloire des étrangers. On y chercherait en vain une
population homogène et reflétant une nationalité.
Sceptique et railleuse, Nice crie : Vive l'impératrice
de Russie! quand Sa Majesté y vient porter de l'or,
ou : Vive le papa du citoyen Gambetta! lorsqu'elle
espère en obtenir quelque faveur. Tout cela se calcule par doit et avoir, et le patriotisme n'a que faire
ici. Que Nice redevienne italienne ou qu'elle reste
française, peu lui importe, pourvu qu'elle continue
à grandir, à écorcher ses étrangers, et à vivre de
son beau soleil!

Ce soleil n'est pas celui de tout le monde. —
Il faut aller le voir plonger son disque d'or dans

cette belle plaine liquide qui s'étend devant nous.
Venez avec moi sur cette promenade incomparable
bâtie comme un quai, tout le long de ce rivage et
plantée de palmiers. Nice reprend ici tous ses droits.
Il n'y a plus de copie, l'homme abdique, la nature
seule règne. Oubliez ces grands hôtels, ces tables
d'hôtes assommantes où des garçons suisses en habit
noir et en cravates blanches vous servent un dîner
splendide qui vous nourrit si mal, et savourez à
longs traits cette Méditerranée sereine avec ses flots
bleus, son horizon illimité, la voix mélodieuse de
ses vagues amollies et ses barques de pêcheurs qui
sillonnent le golfe ; enivrez-vous de ce spectacle ;
humez ces senteurs marines et ces aromes balsami-
ques qui se dégagent des fleurs ou des arbustes.
Puis prolongez la promenade, si facile le long de
cette côte qu'on ne compte plus les kilomètres, et
doublez le massif de rochers qui sépare la ville du
port; vous retrouverez alors dans sa simplicité naturelle la Nice des anciens jours, vous échapperez à
la mise en scène artificielle pour jouir en pleine
liberté du charme des sites et du pittoresque effet
des silhouettes, vous les verrez se profiler sur le ciel,
mêler leurs teintes d'opale aux tons gris de la végé-

tation africaine et du rouge horizon, — tandis que
le soleil disparaît dans les flots !

**

14 décembre 1878.

Je quitte Nice par un train qui part à dix heures
du matin et qui emmène tout un essaim de touristes
bariolés et remuants. Heureux et insouciants mor-
tels! Ils vont se promener sur la côte, prendre l'air
et jouir du beau temps. — Ils causent du bal de la
veille, du coup de banque que leur a servi le crou-
pier de *Monte-Carlo.* Ils ont soif de perdre ce qu'ils
ont gagné, — quelques-uns même de regagner ce
qu'ils ont perdu, et débitent mille folies ! — A l'arrière de notre compartiment et dans le même wagon
se trouve aussi un *coupé-lit.* Là se blottit, herméti-
quement calfeutrée, couverte de châles et de fourru-
res, une jeune femme malade accompagnée de sa
mère, qui va demander non point de l'or, mais de
la santé à ce climat généreux. La pâleur du visage,
la maigreur des petites mains et l'ardeur du regard
laissent peu de doutes sur le caractère du mal qui

oppresse cette poitrine ! — Ainsi va le monde, ainsi va le train, plein de contrastes, emportant l'espérance des uns et les craintes mortelles des autres : ceux-ci en pleine exubérance de jeunesse et de vie, les autres à bout de forces et d'haleine !

Quant à moi, je continue mon grand voyage les yeux fixés sur les dehors de la scène, la pensée retournée en dedans, tout entière à de chers absents.

Ce n'est point en wagon qu'on devrait faire cette partie du voyage. C'est à pied ou en calèche découverte, une ombrelle d'une main, un crayon dans l'autre. Le progrès des lumières qui a inventé les locomotives vous vole outrageusement le plus clair des jouissances que vous vaudrait ce charmant parcours. On regrette le temps fabuleux des voiturins et des voyages interminables. Cette côte valait bien le risque de quelques mauvais soupers, de quelques chutes et même de quelques brigands !

Le railway court le long du rivage, il côtoie incessamment la mer, toutes les fois qu'il ne s'enfonce pas dans la roche des promontoires. Il entre de force ou familièrement dans les petites villes, leur jette en sifflant des étrangers et de quoi les faire vivre, et emporte en échange des mandarines, des olives et des fleurs, seuls produits, seule ressource de ces contrées, auxquelles Dieu a refusé le nécessaire et prodigué l'agréable.

A chaque instant le point de vue change, l'horizon se rétrécit ou s'élargit. Le tableau est tour à tour encadré ou illimité. La côte est si étroite et si abrupte et les flots de la mer si rapprochés qu'on pourrait de ma place y pêcher à la ligne. La mer est si bénigne et si facile, si pleine de mollesse et si apprivoisée qu'on la prendrait pour un lac, n'était son immensité. — La végétation descend jusqu'au bord. Ce sont des oliviers qui n'ont plus la mine chétive et court taillée des oliviers de la Provence, mais de grands arbres libres et bien portants; ce sont des palmiers élancés et empanachés qui étonnent toujours et qu'on regarde comme des orientaux dans leur costume national; ce sont des néfliers du Japon couverts de fleurs et pleins de parfum; ce sont des rosiers aux fleurs éternelles qui forment des haies ou qui grimpent sur les maisons, ou bien ce sont des bosquets d'orangers. En les voyant si beaux, si luxuriants, chargés de leur feuillage foncé et de leurs fruits d'or, comment ne pas en-

voyer un souvenir mélancolique aux orangers que
je conserve à si grands frais chez moi, dans mon
jardin? Pauvres exilés que je condamne tout l'hiver
à séjourner dans une infirmerie botanique, et qui,
prisonniers une partie de l'année, rêvent dans leurs
caisses vertes de terre natale et de liberté! — Combien un voyage en Italie leur ferait de plaisir et
leur ferait de bien! — Et lorsque le rôcher rouge
et nu ne permet plus aux arbres de pousser, c'est
le grand aloès aux feuilles larges et grasses qui
s'empare du sol et qui lance dans les airs sa tige
effilée au départ et branchue au sommet comme un
candélabre égyptien.

Nous n'avons plus que quelques minutes à passer
en France, et dans quelques minutes nous y serons
rentrés de nouveau. — C'est, qu'en effet, nous avons
la lilliputienne principauté de Monaco à traverser.

A ce point du voyage, on ne se sent plus tout à
fait dans un pays réel. On se demande si tout ce
que l'on voit n'est point un mirage ou une scène
d'opéra comique. — Cette ville idéale de Monaco,
sur un rocher dominant la mer, avec son château
et ses murs crénelés, son petit monarque, son petit
port, sa demi-douzaine de canons, ses souvenirs

2

historiques et funambulesques où Rabagas a joué un rôle, tout cela semblerait un rêve, si un vrai gendarme en bottes et en uniforme représentant les armées de terre et de mer de S. A. Charles-Honoré, prince de Monaco, ne vous obligeait à être sérieux.

Il y aurait beaucoup à dire sur Monaco. Si toutes les monarchies ressemblaient à celle-ci, cet échantillon ne suffirait peut-être pas à accréditer le développement de cette forme de gouvernement. — Comment, en effet, ne pas éprouver un sentiment de profond dégoût pour cet établissement de Monte-Carlo, moitié féerie et moitié tripot, qui constitue la source la plus productive des revenus du prince, maison de jeu entourée de toutes les séductions du luxe et de la licence? Ce Casino est certainement unique en Europe. — Tout y est calculé pour enchanter les yeux, amollir les âmes et éventrer les bourses. Les sept péchés capitaux y entrent la tête haute. Les fleurs du mal s'y épanouissent à côté des fleurs naturelles, car la nature elle-même y est rendue complice inconsciente de la plus révoltante immoralité. Les petites dames circulent sous des bosquets de camélias. Les vieilles joueuses, maigres et attifées,

y coudoient des écervelés et des vieillards livides
que l'âge et que l'amour de l'or font trembler. A
côté d'un théâtre splendide qui a coûté des millions,
des hôtels somptueux où Crésus et Lucullus se donnent rendez-vous, et tout auprès de ces temples de
la gourmandise et de l'ivresse, le Palais du trente-et
quarante bat monnaie et fait les affaires du prince
de Monaco.

Que si par hasard une détonation se fait entendre, ne vous troublez pas; écoutez la valse de
Strauss, qu'exécute l'orchestre; c'est une mine qui
fait éclater le rocher dans le voisinage, ou bien,
c'est un joueur décavé qui, suivant l'expression con-
sacrée, se fait sauter le plafond !

Ici tous mes compagnons de voyage descendent
précipitamment et me laissent seul dans le wagon.
Je poursuis donc ma route solitaire, franchis sans
m'en douter la frontière française, et fais connaissance avec les douaniers du roi Humbert. C'est à
Vintimille qu'a lieu cette formalité. Elle n'a rien de
désagréable. La courtoisie et la tolérance des employés l'adoucit singulièrement. Je constate seulement un phénomène particulier : l'heure du chemin

de fer change tout à coup. Nous vivions ma montre
et moi tranquillement sur l'heure de Paris. Nous
sommes contraints d'adopter brusquement celle de
Rome. Je perds à cette opération près d'une heure
d'existence. En revanche, chose plus rare, l'argent
augmente de valeur, ou plutôt l'or et l'argent dis-
paraissent entièrement de la circulation et sont
remplacés par les assignats sales et repoussants
qu'émettent les banques nationales. On y gagne
10 0/0, c'est-à-dire que 20 francs métalliques
vous donnent droit à 22 livres de papier. Me voilà
donc en une minute plus riche d'un dixième, mais
plus vieux d'une heure, c'est une compensation.
L'Italie serait vraiment trop privilégiée si elle pouvait à la fois allonger l'existence et augmenter les
moyens de la rendre agréable.

A peine à l'étranger, le confort, la propreté, l'élégance que la France imprime à ses installations et
à ses édifices vous abandonnent brusquement. Quoique nous nous rapprochions du pays où le savon
a été inventé, les indigènes ont l'air de ne le point
connaître. Le pittoresque seul subsiste et vous cap-
tive. La côte est de plus en plus abritée, l'air plus
tiède, et malgré le grand manteau de neige qui

recouvre les montagnes, on se croirait au printemps.
Voici ces forêts et ces pépinières de palmiers si
célèbres, où l'on prépare les palmes du dimanche
des Rameaux de toute l'Europe et de Rome elle-
même. Une légende bien connue qui se rattache à
l'érection de l'obélisque de la place du Vatican,
sous Sixte V, se présente à la mémoire.

Le nom de chacune des stations du chemin de
fer m'arrive avec son éclat sonore et sa désinence
étrangère. Ces voyelles retentissantes que la langue
italienne place à la fin des mots ont un grand
charme pour l'oreille et paraissent appropriées à ce
joli climat où tout brille et où tout a de l'harmonie.
J'en ramasse le long du rivage quelques échantil-
lons. Ils me frappent comme des coquillages ou
comme des notes de musique : San Remo, Oneglia,
Pietra Ligure, Diana Marina, et je les envoie à un
de mes amis qui habite Escancerabe dans le dépar-
tement de la Haute-Garonne.

De certains de ces noms, d'Abenga particulièrement, les armées françaises, sous la conduite de
Masséna, ont fait des noms de victoire en des temps
plus héroïques que les nôtres. De tels autres, de
Savone, vous reviennent les images plus tristes de

la captivité de Pie VII et le bruit de plusieurs siéges et d'un bombardement. Plus loin vous saluez Cogoletto une des villes qui s'honore d'avoir donné naissance à Chistophe Colomb. Je dis une des villes. — Pourquoi pas? Les grands hommes ont de ces priviléges. Homère est né, dit-on, dans plusieurs villes de la Grèce, et l'on montrait naguère à Rome, au Panthéon et à l'Académie de Saint-Luc, deux crânes de Raphaël. — L'un, disait le guide, est le crâne de Raphaël à trente-sept ans, l'autre le crâne de Raphaël enfant; mais cette légende, un peu trop... crâne sans doute, a disparu du répertoire.

De plus en plus commerçant, de plus en plus peuplé et constamment percé de tunnels, se montrent le pays et le chemin. On passe rapidement coudoyant des villes et des maisons de campagne. A droite et à gauche ce ne sont que villages et que bourgades de pêcheurs, où chaque habitant possède un bateau et un quinconce de citronniers. Les uns sont accrochés à un cap, les autres sont allongés mollement sur la grève, et je remarque beaucoup d'enfants et de charmants visages sur le seuil de ces demeures rustiques. Cette richesse en vaut bien une autre.

Que se passe-t-il dans toutes ces ruches humaines?
— De quels rêves ou de quelles réalités vivent les
gens qui les habitent? Cette interrogation se présente naturellement à l'esprit du passant. Elles sont
si coquettement posées, qu'on se les figure toutes
heureuses. Toutes les femmes y sont jolies, toutes
sont jeunes, tous les hommes excellents. Pas de no-
taires, pas de procès, pas d'intrigues, pas de politique, pas d'ennuyeux, et pas de pauvres. Comme il
serait tentant d'aller vivre dans un pays semblable!

Hélas! là comme ailleurs, la vie a ses douleurs
et ses épreuves. — Dieu nous mesure à tous les
mêmes soucis et les mêmes joies, les mêmes pentes
à gravir ou à descendre. Là comme ailleurs, il y a
du pain noir et des pâtes fines; là comme ailleurs,
on aime et on hait, on fait le bien et on fait le
mal, on blasphème et l'on prie; là comme ailleurs,
les cyprès et les croix de bois des cimetières se
chargent de me le dire, on meurt; et la vie est un
train plus rapide encore que celui qui m'emporte!

L'irruption bruyante dans mon wagon d'un jeune
ménage m'arrache à ces pensées. — Dans une fraîche
et pimpante toilette de voyage de jeunes apprentis

de la vie conjugale s'emparent du compartiment. A
la naïveté des attitudes, à l'abandon des poses, à la
recherche mignonne des petits paquets, à l'empressement du mari et aux mines enfantines de la voya-
geuse, il n'est pas difficile de deviner leur secret.
C'est une lune de miel qui poursuit son cours en
voyage circulaire. — Heureuses gens !

On rencontre ainsi beaucoup de jeunes époux en
Italie, en train de s'essayer à la vie à deux. Dans
tous les pays, c'est aujourd'hui la mode. Sitôt la
bénédiction nuptiale reçue, on part pour Rome et
Florence ; on va soi-disant visiter l'Italie en courant
de ville en ville, s'asseyant à toutes les tables
d'hôte et mettant à contribution les mobiliers de
hasard des Locande de la Péninsule. — Je conviens
qu'il doit être charmant pour une jeune paire de
déployer ainsi ses blanches ailes et de préluder à la
vie casanière par un vol en pleine liberté sur cette
terre facile et souriante. Mais est-ce bien là, au point
de vue du bonheur et de l'avenir, un calcul bien
entendu ? — Ne vaudrait-il pas mieux réserver les
premières et ardentes bonnes volontés du mariage
pour affronter ensemble les conditions de la vie
nouvelle dans laquelle les jeunes époux vont se trou-

ver? — Connaître ses beaux parents, sa famille adop-
tive, le caractère des collatéraux et des ascendants,
le cadre dans lequel on va désormais se mouvoir,
me semblerait plus utile que de regarder d'un air
distrait et parfois ennuyé des galeries ou des effets
de paysages, fût-ce les Ufficii de Florence, fût-ce la
lune se levant sur le Colisée? Il est moins pénible
parfois de monter au Vésuve que de surmonter le
caractère d'une belle-mère; plus embarrassant de
diriger une maison et d'improviser un menu que de
trouver son dîner tout prêt au premier restaurant
venu. Par le fait du voyage, toutes les difficultés ne
sont qu'ajournées. Elles se retrouveront au retour,
et alors qui peut dire si la comparaison de cette vie
idéale, aventureuse, sans gêne, sans sujétion, ne
fera pas paraître bien lourd, bien monotone, bien
rétréci le ciel, l'existence et l'horizon? Qui sait si
l'histoire venant après le roman ne gâtera pas le
roman, et si les acteurs du roman lui-même retom-
bant sur la réalité brutale et les devoirs sérieux,
ne regretteront pas d'avoir mangé inconsidérément
leur pain blanc d'avance et de n'avoir pas réservé
ce charmant voyage comme une ressource pour un
jour d'épreuve et comme un moyen de prolonger,

in extremis, les rêves et les douceurs des premières années ?

Décidément, je plains un peu ce jeune couple ainsi déniché, qui s'en va volant de branche en branche sans regarder ce qu'il serait si intéressant de voir, sans admirer ce qui réchauffe l'âme, sans paraître comprendre ce qui, à une meilleure heure, serait un prolongement de félicité et un développement de l'existence. — Il est vrai que de son côté ce jeune couple regarde du coin de l'œil ma barbe grise et me plaint à son tour. Il a pour lui la jeunesse, il file à tire-d'aile dans un pays enchanté d'où je suis revenu ; ses illusions et ses rêves valent peut-être bien mes rhumatismes et mes moralités ?

Après quoi, ne voulant pas gêner ces charmants tourtereaux, je me blottis dans mon coin et ne tarde pas, la nuit étant venue, à m'endormir.

Gênes, 15 décembre 1878.

Lorsqu'on arrivait jadis à Gênes par mer et que les bateaux à vapeur avaient le privilége de transporter le plus grand nombre des voyageurs venant de Marseille, l'entrée dans cette magnifique rade était réellement une des grandes impressions de ce beau voyage. Cette réunion de palais et de terrasses superposées du bord de la mer au sommet de la montagne ; l'éclat que jetaient aux yeux les murs peints à fresque, les portiques, les dômes, les aiguilles dorées, les campaniles, la forteresse et les rochers eux-mêmes était incomparable. Gênes apparaissait dans sa gloire et justifiait à première vue son titre de superbe ! On eût dit un magnifique diadème posé sur le rivage en pleine lumière et se mirant dans les flots. Il est vrai qu'une déception relative ne tardait pas à se produire. En effet, je ne connais pas de ville où l'art ait entassé plus de palais, plus d'églises, plus de monuments remarquables, se soit plus prodigué, et se soit cependant plus sacrifié en pure perte. L'absence complète de plans horizontaux, l'étroitesse des rues, cette lutte désespérée de tous ces édifices demandant de l'air, cherchant à se surpasser les uns les autres, comme les arbres dans une forêt, les abords humides et gluants de ce port clos et fermé qui vous prive de la vue et du mouvement pittoresque de la mer ; un sentiment de fatigue et de gêne, soit dit sans jeux de mots, qui tient à ce que l'espace manque, à ce que tout est en pente, à ce

que tout domine et surplombe, faisaient tomber bien
vite certaines illusions et faisaient regretter que la
grande République si puissante sur mer fût si mal à
l'aise sur terre et si étroitement logée.

Ces grands Génois aux coffres pleins et aux ambitions d'enrichis qui, moyennant finance, se procu-
raient toutes choses, achetaient leurs marquisats
chez Charles-Quint, faisaient portraiturer leurs enfants par Van Dick, garnissaient leurs caves sur les
coteaux de Chypre et faisaient venir de Flandre ou
d'Orient leurs tapisseries et leurs diamants, ne dou-
taient vraiment de rien. — Ils voulaient, coûte que
coûte, élever une ville resplendissante qui fît pâlir
Milan, oublier Florence, et qui surtout rendît
Venise jalouse, et aussitôt ils appelaient chez eux de
Pérouse l'architecte Galeozzo Alessi, et à coups de
ducats et de génie il fallait égaler l'Ammanati et surpasser Bramante et Sansovino. Seulement où trouver dans l'étroit espace qu'occupe Gênes de quoi
épanouir et commodément établir une grande ville?
— Il eût fallu démolir l'Apennin tout entier, et la
sénérissime République avait ailleurs l'emploi de sa
poudre. L'artiste recula donc devant cette tâche; il
fit en hauteur ce qu'il ne pouvait faire en étendue.

Il multiplia les étages, superposa les voûtes et créa
ces merveilleux palais aériens qui seraient sans défaut, si au lieu d'y monter on y pouvait toujours
descendre, car si beaux que soient ces escaliers
géants, si insensibles qu'en soient les rampes, si
trompeurs que soient les paliers et les courbes, —
deux cents marches à gravir sont toujours une
épreuve pour les poumons et pour les jarrets.

Aujourd'hui le chemin de fer vous introduit fur-
tivement dans la cité des Doges. Le train sort de la
roche comme pourrait le faire une fontaine, et jaillit
en pleine gare sur la place de l'Aqua Verde, aux
pieds de la statue récemment érigée de Christophe
Colomb. Si l'on y perd ce premier moment d'enthousiasme fiévreux que vous donnait l'ancienne
arrivée maritime, on y gagne de voir se dérouler
sur-le-champ les grandes artères magistrales et de
se trouver introduit sans contraste au plus beau
point de la cité. — Vous voilà libre de circuler, de
gravir lentement et sans trop de peine ces pentes
ménagées avec art et de faire connaissance avec ces
rues bordées de palais qu'anime une population vive,
loquace, toute à ses plaisirs et à ses affaires. Ou si
mieux vous aimez, vous pouvez encore descendre

vers la poétique et vieille cathédrale qui vous rap-
pellera nos églises gothiques, ou chercher la vue
admirable et sans limite dont on jouit de la promenade de l'Aqua Sola ou de Sainte-Marie de Carignan.

C'est de là que ces armateurs millionnaires
voyaient revenir cinglant vers le port, pavoisées
des bannières des Doria ou des Sauli et chargées des
riches cargaisons du Levant, leurs flottes heureuses.
C'est de là que le peuple saluait avec ivresse le
retour triomphant de ces escadres qui régnaient sur
l'Arménie et la Crimée, et qui luttaient d'influence
avec le croissant ou le lion de Saint-Marc.

De tous ces souvenirs de grandeur, de toute cette
histoire guerroyante, de cette république fastueuse,
il ne reste plus que le cadre, cadre admirable,
sanctuaire de l'art, modèle inépuisable de lignes
savantes, de portiques élégants, de *loggia* spacieuses,
de palais aux colonnes de marbre, aux voûtes et aux
voussures dorées, et habitées encore par les héritiers
de ces grands noms. Tous ces grands seigneurs
génois sont, en effet, loin d'être déchus ou ruinés ;
on en voit, comme le duc de Galliera, léguer en
mourant vingt millions à leur ville natale, et cela
sans s'appauvrir. Mais malgré ces exemples difficiles

à imiter, l'aristocratie de Gênes fait peu de bruit,
et Gênes elle-même en fait moins encore. — Elle
voit de jour en jour s'éloigner d'elle les grands
courants du commerce. Placée entre les voies rapi-
des qui relient l'Orient à Marseille et à Brindisi,
elle est réduite au rôle secondaire d'un port de la
Ligurie, auquel l'ouverture prochaine du Simplon
réserve peut-être un sort meilleur.

Cette décadence commerciale, qui n'est appréciée
que par la statistique, n'est pas ce qui frappe le
touriste. Il voit assez de vaisseaux, assez de cha-
lands et assez de *facchini* pour être sans inquiétude.
Un vide bien plus grand, une lacune bien plus sensible l'attend au Palais Ducal. A juger de l'importance du chef de l'État génois par sa demeure, ce ne
devait pas être un si petit personnage ! — Le Prési-
dent de Brosses dit dans ses Lettres : « C'est un fort
« méchant emploi que celui de Doge. Pendant les
« deux ans qu'il conserve sa dignité, il ne peut
« mettre le pied hors de chez lui sans permission.
« Cette place rend 1,500 livres de rente. » En effet,
il fallait être un Durazzo, un Contarini ou un Doria
pour s'en accommoder et en soutenir l'éclat. Chacun
se rappelle que lorsque Louis XIV demandait au Doge

de Gênes quelle était la chose la plus remarquable qu'il trouvait à la cour de Versailles, celui-ci répondait : « C'est de m'y voir ! » Les Présidents de nos républiques modernes n'auraient peut-être pas mieux trouvé.

.Comme toutes les villes découronnées d'Italie, comme Ferrare et Naples, comme Florence et Turin elle-même, Gênes a des manières d'être de ville souveraine. L'atmosphère qui l'environne annonce un astre et non un satellite, et avec ces airs de veuve en grand désir de contracter un nouvel hymen, on sent qu'elle est quelque peu froide et dédaigneuse pour ces petits préfets qui la gouvernent, et dont la taille ne va pas à la cheville de ses anciens Doges. Et cependant elle se laisse faire. Cette situation et cette attitude est celle de tous les grands centres de la Péninsule. Tous regrettent le passé, tous souffrent du présent, tous sont humiliés ou amoindris ; certains même sont ruinés, témoin Florence où 3,600 poursuites en expropriation ont été intentées cette année à des propriétaires de maisons ne pouvant payer l'impôt, — et cependant tous sont à la remorque de ce fantôme mal venu, mal soudé, faitde fraude et d'utopie, que l'on nomme le royaume d'Italie.

La nature physique de la botte italienne, on l'a souvent dit, proteste contre cette pensée unitaire. Tout a été disposé pour que ce pays fût divisé. Les montagnes ont tracé ses limites et marqué ses régions diverses. Les dialectes y sont différents. Les aspirations du Midi contrarient celles du Nord. Naples et Turin, Palerme et Milan font plus que se jalouser, elles se mésestiment, les impôts sont accablants, la fortune nationale languit, les intérêts religieux sont en grand péril, la presse locale y vit de doléances, et cependant rien ne fait encore comprendre que l'heure soit venue pour cette terre unifiée mais désunie, de redemander la vie et la richesse au particularisme ou à la forme fédérative qui seule peut assurer son bonheur et sa prospérité. Hélas ! nous assistons en France à un même phénomène d'inconséquence. Nous voyons un pays dont toute la grandeur a été faite par la monarchie et qui s'obstine à chercher en dehors de la monarchie sa voie et sa régénération !

Quoi qu'il en soit et quoi qu'il advienne, le séjour de Gênes a une saveur particulière à un point de vue tout différent. Elle est la première ville italienne qui fasse pressentir la gloire artistique de

cette contrée privilégiée. Bien qu'elle n'ait été à
aucune époque le centre d'une école bien caractérisée; bien qu'elle n'ait donné le jour à aucun
peintre ou sculpteur en grand renom ; bien que la
galerie du palais Durazzo ne renferme plus que les
restes d'un musée splendide transporté à Turin,
elle a merveilleusement su s'approprier le concours
des hommes de talent nés chez ses rivales, et conserve encore d'incomparables chefs-d'œuvre. Le
vieux Mantegna, Périno del Vaga ce charmant élève
de Raphaël, Proccacini ce décorateur intrépide,
Vouët, Rubens le grand coloriste, Van Dyck, Strozzi
Carlone ont vécu et travaillé à Gênes, et en voyant
leurs œuvres, l'étranger commence à se familiariser
avec les noms de ces grandes dynasties d'artistes
célèbres, qu'une course plus complète en Italie va
lui apprendre à classer et à retenir.

Je me rappelle encore ce que fut pour moi en
1837 la révélation soudaine de ce monde inconnu.
Outre que j'avais encore fort peu vu en ce temps-là,
j'avais encore fort peu regardé. Accoutumé aux in-
térieurs froids et dénudés de nos grands édifices
religieux du Midi de la France, ces plafonds splendides, où se développaient les scènes du monde réel

ou du monde idéal, me plongeaient en extase.
Transporté dans une sphère où tout se mouvait et
s'individualisait, les récits de l'histoire, les batailles,
les héros, les drames du cœur et les fictions de la
poésie ou de la fable prenaient un corps et une réalité. Je voyais se compléter les notions confuses et
indéfinies que l'étude avait déposées dans mon
esprit. — Les tableaux deviennent ainsi un livre et
un poëme. Pour en saisir l'ensemble, il suffit d'un
regard. La statue sort du marbre, on l'entend penser, on la sent vivre. Oh! la charmante jouissance
que d'entrer dans ce monde de la couleur et de la
lumière! — De jour en jour on s'y reconnaît mieux.
On suit les écoles, on retrouve les filiations du
talent et la diversité des manières; on se croit
artiste, on sent germer en soi comme un sens
nouveau.

Voilà les choses peu communes dont Gênes donne
le goût et qui la recommandent à ma reconnaissance.

Une promenade matinale me remet en mémoire
toutes mes impressions de jeunesse, agrandies et
modifiées par mes impressions d'aujourd'hui. Je
cherche sans la retrouver cette ardeur de la ving-
tième année qui me conduisit jadis pour la première

fois dans cette grande cité, au temps où le roi Char-
les-Albert, petit et légitime roi de Sardaigne, y
tenait annuellement en novembre sa cour modeste
et animée. Mais revenir à quarante ans de distance
dans une ville que l'on a habitée est une ironie
et une cruelle et pénible déception. Pensif et solitaire, je cherche cette Gênes connue et hospitalière,
je me promène sous ces balcons, j'interroge du regard les portes et les fenêtres de ces palais. Que sont
devenus, à l'heure présente, ces hôtes bienveillants,
ces femmes élégantes, cette société polie et aristo-
cratique? Quelle destinée ont rencontré tous ces
compagnons de mon jeune âge au milieu desquels
j'entrais dans la vie? Pressé par l'heure, je n'ai pas
le loisir d'aller sonder ce mystère, et je m'en applau-
dis. Un si grand nombre d'entre eux a disparu, un
si petit groupe garde encore la mémoire d'un étranger de passage. Qui sait si je les reconnaîtrais?
Qui sait si dans leurs demeures je serais reconnu
moi-même, vieilli et changé comme eux?

La mélancolie de ces souvenirs qu'augmente une
pluie lugubre et hivernale me ramène tristement
vers la gare, et je pars pour Rome où m'appellent
des êtres vivants et des choses éternelles.

Pise, 16 décembre 1878.

Je me suis arrêté à Pise à la tombée de la nuit non pour la visiter, Pise est une vieille amie que je retrouverai à mon retour, mais pour prendre haleine et pour arriver à Rome dispos et maître de mes mouvements.

Je trouve ici une rareté qu'aucun guide ne mentionne; une chose imprévue, inouïe, incroyable, et qu'il faudrait même taire dans l'intérêt de cette station d'hiver que recherchent les malades : j'y trouve la neige! une neige drue, épaisse et désobligeante. Elle couvre d'un linceul blanc toute la campagne, enveloppe toutes les montagnes voisines, donne à l'Apennin de la ressemblance avec le Jura, et enguirlande de ses festons et de ses astragales de givre les dentelures aériennes du dôme, du baptistère et de la tour penchée. Si la lune perçait les nuages et se montrait complaisante, ce serait un spectacle à se donner qu'une soirée dans le cloître du Campo-Santo. Évoquer toutes les ombres qui dorment dans cette terre venue de l'Orient, sous ces

voûtes gothiques que les maîtres de l'art ont si
merveilleusement illustrées, à la double clarté de la
lune et de la neige, serait fantastique. Mais à la
neige se joint un bruit retentissant, c'est la foudre,
ce sont les éclairs qui déchirent le ciel. La rafale
fait rage, et mêle à un ouragan de décembre tout
le tumulte d'un orage d'été ; magnifique et inhospi-
talier concert qui me laisse désappointé et me donne
à penser sur la vanité des réputations que l'on fait
à ces climats du Midi. Comme les nôtres ils ont
leurs caprices et leurs inconséquences.

Je me réfugie donc dans un hôtel nouvellement
établi près de la gare : *Hôtel de la Minerve,* où je
suis reçu par des camériers grelottants en tenue de
bal et une statue de la déesse de la guerre et des
arts, — l'art culinaire inclus, je l'espère, — qui, la
lance à la main et le casque sur la tête, préside
aux apprêts de mon repas. Le fumet en remplit
l'atmosphère et flatte l'odorat ; je commence à me
rasséréner. L'hôtelier, du reste, arrive en personne
pour s'excuser humblement auprès de ma Seigneu-
rie des intempéries de la saison. Il flétrit cette neige
maudite avec emphase comme un oubli involon-
taire des convenances et des égards dus aux *fores-*

tiers, comme une calamité à laquelle la Révolution italienne et la décapitalisation de Florence n'est pas étrangère, et jure par Bacchus et par Minerve que pareille chose ne s'est jamais vue et ne se reverra jamais!

On ne résiste pas à de semblables arguments fortifiés par un bon souper. — Il n'y manque rien, ni le *risotto* à la milanaise, ni des bécasses tuées à Montepulciano, ni la marée de Livourne, le tout arrosé d'un vin charmant de *Chianti* qu'on nous sert dans des fiaschetti de verre fin, empaillés d'un réseau de jonc, et avec des bouchons de papier. — L'hôtelier a fait plus encore, il m'a découvert un *altro signor francese* pour me donner la réplique et dissiper mes ennuis. Nous sommes loin, on le voit, des maussades et guindées tables d'hôte de Nice.

La rencontre de cet aimable touriste me console entièrement de mes mécomptes. C'était un Péri- gourdin pur sang, homme de cœur et de fond qui venait d'avaler en trois semaines et circulairement, Turin, Milan, Venise, Bologne, Ravenne, Florence, Rome, et qui, ne s'étant fait grâce ni d'une église, ni d'un théâtre, ni d'une galerie, revenait vers Gênes bourré comme une bombe et en train d'écla-

ter. Cette débauche de musées, de palais, de cathé-
drales, de contrées et de mœurs diverses l'avait
singulièrement surexcité. Il mêlait un peu toutes
choses, brouillait les dates et confondait les hommes et les cités, croyait avoir vu le Dante à Ferrare
et le Tasse à Milan, et se mouvait en pleine extase
artistique et en ivresse comme un homme qui, en-
traîné par l'occasion, s'est, sans s'en apercevoir,
légèrement empanaché. Plein de verve, plein de
faits, il me conte ses aventures. A mon tour, je lui
conte les miennes, et nous passons ainsi les heures,
causant de la France et de l'Italie, des républiques
de Pise et de Paris, échangeant nos impressions,
nos admirations et nos cartes : lui, revenant avec
regret à son labeur, — moi échappant au mien, —
surexcités tous deux par nos souvenirs et nos cu-
rieuses appétences.

Cette soirée me parut charmante. Si fugitives que
soient ces relations ménagées par la vie errante, si
peu éprouvées qu'elles aient été par le temps, elles
ont parfois un grand attrait. On passe l'un près de
l'autre, arrêtés sur la même branche, comme des
oiseaux changeant de climat. Pourquoi ne pas en
profiter? On dit que les mœurs d'aujourd'hui n'ad-

mettent plus de conversation en voyage. C'est le
ton, c'est la mode anglaise. Il vaut mieux s'ennuyer
que de risquer une connaissance ; on est là comme
des lettres dans la même boîte, chacun sous son
enveloppe, allant au même but et ignorant ce que
la lettre voisine contient. — Il y a plus de profit à
mon gré à dépouiller la correspondance. — Il advient
souvent qu'une sympathie rapide naît de l'occasion,
qu'une indication utile vous préserve d'un faux pas ;
chacun donne d'ailleurs de son panier ce qu'il lui
plaît. On se serre la main et l'on se quitte pour ne
plus se revoir, et cependant parfois pour ne pas
s'oublier.

Dans tous les cas, ces quelques moments d'arrêt
à l'entre-croisement des trains de l'existence font
cesser l'isolement, détendent l'esprit, et reposent
le corps mieux que les lits de fer hauts, larges et
durs que l'on rencontre en Italie.

De Pise à Rome, 17 décembre 1873.

Quelques heures plus tard j'étais en wagon. Le
temps était redevenu superbe. Sous la tiède haleine
du vent du sud, la neige de la veille avait disparu

et nous filions à toute vapeur en pleine Maremme.

Un paysage plat et illimité se déroulait à ma droite. A l'horizon la silhouette de l'île d'Elbe se laissait deviner dans les brumes du matin, et sur ma gauche se dressaient les contre-forts des Apennins boisés et couronnés de villages, dominés eux-mêmes par des cimes blanches. L'hiver était sur les monts, le printemps dans la plaine.

Tour à tour cultivée ou inondée par des torrents qui roulent avec ennui leurs flots limoneux vers la mer, — habitée ou déserte, — semée de grands pins et d'oliviers ou nue et pastorale, — la campagne surprend par la nouveauté des aspects, la diversité des cultures, celle des attelages et des demeures. C'est après Pise, en effet, que prend fin l'Italie du Nord, celle qui ressemble encore par la division des champs, le morcellement du sol, ou la variété des enclos, à l'Europe exploitée et cultivée. Il faut dire adieu pour un temps à cette flore et à cette végétation méridionale, qui de Nice à Gênes est un des enchantements et des surprises du paysage. Les orangers, les palmiers ne vivent plus ici ou n'y végètent qu'avec peine. La nature semble s'être appauvrie en élargissant la cadre du tableau. Rien de neuf ou de réparé n'attire le regard. Des cases ruinées, enveloppées de roseaux; de vieilles tours couvertes de lierre; des champs interminables où la grande culture se déploie sans bornes. Pas de jardins, encore moins d'habitations importantes, et l'homme de plus en plus rare.

Les maîtres de ces sillons ne les connaissent peut-être pas. Quelques colons abandonnés les cultivent. Les bergers et les troupeaux vêtus de la même toison en sont les seuls habitants.

Par accident apparaît à la fenêtre d'une masure, entre deux haillons qui sèchent, un visage de jeune fille, ou la figure ridée d'une vieille femme qui se chauffe au soleil. —Laquelle des deux faut-il envier? Celle qui vivra longtemps encore, ou celle qui disparaîtra bientôt de ces lieux tristes et solitaires? — Les stations de chemins de fer se succèdent et se ressemblent. Elles sont toutes sombres, nues et pauvrement construites. Veuves de buffets et de carreaux, aucune n'inspire le désir de s'y arrêter, et toutes donnent une idée peu favorable des dividendes que les Compagnies doivent distribuer à leurs actionnaires.

Par moment la mer se montre. Par moment de

grands troupeaux de cavales vous regardent passer,
ou des volées d'oiseaux effarouchés, troublés dans
leur solitude, s'éloignent à tire-d'aile. Monotone et
fatigante est cette longue journée. L'impatience d'arriver vous envahit. On regarde l'heure, on calcule
la distance, et l'on trouve trop lente la marche de
ce train qui file cependant, traverse les plaines,
tourne les obstacles, franchit bruyamment les ri-
vières, disparait entre les talus, ébranle les voûtes
des tunnels, et ressort jetant au vent son panache
tour à tour vaporeux ou enfumé.

Puis tout devient plus grave et plus triste encore.
La terre revêt un caractère plus rude et plus agreste.
On se rapproche de la mer, et Civita-Vecchia est
en vue. A ses murs crénelés, à ses bastions massifs
on la reconnait. C'est le port de Rome. On longe les
fortifications, on court droit au rivage, et les flots
viennent en mugissant déferler au pied de la gare
elle-même. Et le train repart alerte et enfiévré !
Cette fois, c'est bien à Rome qu'il vous conduit. On
le sent à l'émotion qui vous oppresse, à l'attente
plus difficile à supporter, à la mélancolie des cam-
pagnes dont la nudité et la platitude n'est accidentée
que par des abreuvoirs et des barrières pastorales.

Nous touchons presque à la ville papale, et rien
n'en trahit encore les abords. — Exceptionnelle, et
en cela semblable aux villes de l'Orient, Rome n'a
ni banlieue, ni faubourgs. Elle n'est annoncée ni
par des villages, ni par des jardins, ni par des
habitations plus fréquentes, ni par rien de ce qui
forme l'avenue naturelle de nos grandes cités. Le
désert vient mourir sous ses murs. Et de ce côté-là
même, le Tibre sinueux et débordé prête à la physionomie des lieux une sauvage et déserte apparence.

Elle est là cependant. — Ces collines volcaniques
arrondies et chenues, amoncelées sur notre gauche,
nous la cachent; mais encore un effort, encore une
tonne de charbon, et le voile va se déchirer. En un
clin d'œil, le train franchit le fleuve, et on la découvre tout entière avec ses grandes coupoles, ses tours
carrées, ses collines fatiguées par l'histoire et le
piétinement des hommes, assise dans la majesté et
la tristesse de ses lumineux et poétiques horizons !
Alors passant entre Saint-Paul-hors-des-Murs
que j'aperçois au loin dans la solitude, et les portes
de Saint-Sébastien et Paola qui percent la vieille

enceinte, on longe les grands aqueducs qui traversent la campagne. — Sainte-Marie-Majeure, Saint-
Jean de Latran, Saint-Laurent-hors-des-Murs, m'apparaissent comme de grands vaisseaux à l'ancre.
Le train fait le tour de la ville romaine où dorment
tant de débris et tant de souvenirs, ébranle en
passant ces vestiges épars qui ont résisté au temps,
et s'arrête enfin en gare, me jetant au pied des
thermes de Dioclétien hors d'haleine et palpitant
d'émotion. — Je suis au bout de ma route, et je
retrouve enfin joyeux et empressés ceux que j'aime
et que je ne dois plus quitter.

PREMIÈRES IMPRESSIONS

Rome, décembre 1878.

Revenir à Rome est une joie bien plus grande et
bien plus vivement sentie que d'y arriver pour la
première fois. — Outre qu'il est naturel d'éprouver
plus d'attrait à retourner aux lieux que l'on a déjà
parcourus qu'à en découvrir de nouveaux, je suis
comme les enfants. Les histoires que j'aime le mieux

sont celles qu'on m'a conté le plus souvent. Comme eux, je préfère entendre les mêmes récits, revoir les mêmes contrées, continuer à chérir les mêmes vieux amis.

Or, Rome n'est pas seulement une grande agglomération d'édifices et de monuments; elle ne vit pas seulement dans notre souvenir par les impressions que ses musées ou ses temples nous ont laissés; ce ne sont pas les hommes excellents ou les choses exquises, les plaisirs délicats ou les jouissances naturelles qu'on y a goûtées, la vie douce et facile qu'on y a menée qui lui font dans la mémoire une place à part; Rome est positivement une amie, une personne chère qui a une voix et qui vous a parlé. C'est une mère chrétienne sur les genoux de laquelle on a été bercé, auprès de laquelle l'âme croyante a puisé un accroissement de foi, un développement de soi-même et reçu un nouveau baptême. On revient toujours vers elle avec la certitude d'y trouver des baumes pour les blessures, des consolations pour la douleur, des apaisements contre la révolte et une force contre la faiblesse. C'est là le secret de son charme et le motif de la joie profonde, grave et intense que j'éprouve à m'y retrouver.

Salut donc, ville propice et bienfaisante! Salut,
centre aimé de cette religion qui prêche la charité,
le dévouement et le sacrifice! Salut, ville des martyrs et des saints! Pèlerin fatigué je frappe à tes
portes hospitalières. Laisse-moi boire encore tes
eaux salutaires et rafraîchir mes lèvres aux sources
éternelles qui jaillissent de tes collines!

.*.

L'impression que cause Rome lorsque la première
fois on la parcourt, est loin de répondre à ce qu'on
attendait. — A part certaines émotions soudaines et
hors de toute comparaison qui vous atteignent sur
la place Saint-Pierre ou à la place du Peuple, la ville
se présente comme une grande et populeuse cité,
plus que comme une rivale des premières capitales
d'Europe. A part le *corso* et quelques-unes des voies
nouvelles qui ont accepté la loi du nivellement et
de la ligne droite, les rues sont étroites et tortueuses.
A part quelques grandes basiliques dont les abords et
les perspectives ont été merveilleusement ménagés,
les églises manquent de style à l'extérieur. D'admirables palais sont enfouis dans le dédale des cons-

tructions secondaires. Le fleuve qui traverse Rome
n'a pas de quais. Le convenu et l'élégance nouvelle
qui partout ailleurs ont créé des quartiers luxueux
qui frappent par leur ensemble n'est point de mise
ici. Cette disparate qui existe entre les habitations
juxtaposées, vous dit qu'en Italie une familiarité
pleine d'abandon se maintient entre les classes diverses de la société. Le Prince romain et l'homme
de la rue, le Prélat et la famille pauvre se saluent,
se connaissent, s'interpellent. Des rapports de secours, de dévouement et de respect, unissent entre
eux les différents étages de cette société qui parle
peu d'égalité, mais qui la met en pratique, qui obéit
à un sentiment procédant à la fois d'une vertu
chrétienne et de l'ouverture propre aux caractères
méridionaux.

Au rebours de ce que l'on remarque en d'autres
cités, les pauvres gens sont ici un peu partout. —
Ils ne sont point relégués et exclusivement parqués
dans tel ou tel quartier. — Vous les trouvez au
Transtévère près du palais Corsini et de la Farnesine,
à la porte du palais Torlonia ou à Ripetta, à deux
pas des luxueuses demeures du *Corso*. Le Vatican

lui-même a ses pauvres, et ce n'est pas un des
spectacles les moins attachants de Saint-Pierre que
de voir accoudés aux magnifiques balustrades de
cette basilique toute resplendissante de marbres et
de bronzes, de modestes ouvriers en costume populaire entendant la messe d'un prélat romain qui a
rang d'évêque, et qui peut-être même est cardinal.
— Les *campagnoli* et les pâtres sont là au premier
rang. Il y a deux mille ans, les bergers de la Judée
étaient les premiers à reconnaître l'Enfant-Jésus et
à le saluer dans l'étable de Bethléem ; il est juste
que les humbles aient la première place dans le
plus beau temple élevé par les hommes à la gloire
du Sauveur qui a appelé à lui les pauvres et pro-
clamé la loi de la charité.

.⁚.

Pour trouver Rome et la goûter, il faut la chercher. Ce n'est point d'emblée qu'on en a la saveur.
C'est insensiblement et jour par jour qu'elle fait des
progrès dans le cœur et dans l'affection. — On passe
quelquefois plusieurs jours sans la sentir et la comprendre. On traverse ces grands quartiers, on pro-

nonce les noms retentissants dont se parent ses
édifices, Colisée, Forum, Capitole, Vatican, sinon
avec indifférence, du moins sans en être ébranlé.
Mais il vient un moment où son attrait s'impose,
où l'air que l'on respire a une limpidité inconnue,
où la lumière semble plus vive, où l'âme et l'esprit
sont surexcités; c'est la fièvre de Rome qui vous
prend, non point celle que donne la *malaria* qui
vous épuise et qui vous chasse, mais celle qui vous
retient et qui vous ramène.

Pour les uns, cette révélation subite se fait lorsqu'en entrant sous les voûtes de Saint-Pierre ils
croient arriver au centre du monde catholique, et
que mesurant l'espace immense et la proportion
savante de ses portiques et de ses ornements, ils
subissent le charme d'un ensemble harmonieux où
l'art et la matière ont épuisé leurs trésors, et où
les sens et l'âme saisissent l'infini. Pour d'autres,
c'est aux pieds du Saint-Père lui-même, bénissant
et priant, que cette ardeur les pénètre. Certains la
reçoivent au retour d'une de ces excursions aven-
tureuses et mélancoliques qui, après les avoir en-
traînés dans la campagne solitaire, les ramène par
un contraste inattendu dans le torrent animé et

vivant de ses longues rues où se pressent le peuple,
les voitures, le commerce ambulant, la vie oisive
et bruyante à deux pas de la vie disparue. — Il en
est enfin qui en sont comme éclairés au soleil couchant, dorant les dômes, enflammant les horizons,
tandis que l'ombre envahit et enveloppe la grande
cité, au-dessus de laquelle se dressent lumineux et
rosés les sommets neigeux de la Sabine ou de Rocca
di Papa. Mais tous la subisssent et s'y laissent prendre, car cette révélation est bienfaisante comme la
grâce; elle vient d'en haut; elle rend clair ce qui
paraissait obscur, et intelligible ce qui était incom-
pris.

.'.

« Rien n'est plus aisé que de savoir la ville en
« gros, et rien n'est plus difficile que de s'en démê-
« ler en détail », disait, à propos de Rome, un voyageur qui la visitait il y a cent cinquante ans. Cela
est encore parfaitement exact aujourd'hui. Le noyau
de Rome est, en effet, un écheveau emmêlé. Si rien
n'est plus régulier que la perspective qui de la
place du Peuple vous conduit au sombre palais de

Venise ou de la place d'Espagne à Sainte-Marie-Majeure, si la majestueuse ville Vaticane, jetée au-delà du Tibre, se grave instantanément et à jamais dans la mémoire, rien n'est plus embarrassant que de pratiquer, sans être mis en défaut, cette masse noire et confuse qui s'étend sans ordre et sans air de 'a place Navone au palais Farnèse. Mais cet embarras est un attrait de plus. Il donne à la promenade un imprévu qui tient du plaisir de la chasse ou de l'excursion dans un pays inconnu. Mille surprises vous y attendent. Des scènes populaires vous y surprennent. Les mœurs, les usages et l'histoire se donnent la main pour vous faire fête et vous intéresser.

Nous sommes logés à l'hôtel de la Minerve, locande de vieux renom, aujourd'hui quelque peu abandonnée pour les hôtels situés dans les quartiers plus aérés et plus modernes de la place d'Espagne, — mais centre commode, très-romain et très-chrétien. De nos fenêtres nous voyons la coupole du Panthéon d'Agrippa, dont la calotte sombre et arrondie domine les maisons du voisinage. Ce point de Rome est très-vivant et très-populaire. Les gens de la

campagne, drapés dramatiquement dans leurs
manteaux fauves doublés d'étoffe verte, coiffés de
leurs chapeaux de bandits, s'y donnent rendez-vous,
y traitent leurs affaires, y déjeunent sur le pouce,
et s'y chauffent en hiver au soleil. On les voit arriver de bonne heure sur le marché conduisant, les
uns à la Daumont, les autres du haut d'un siége
d'osier qui s'élève comme une chaire au-dessus du
chargement. Leurs charrettes sont bariolées, les
harnais sont rehaussés de plaques et de clous de
cuivre, les attelages sont fringants et le passage en
est sonore et retentissant.

Le vieux mausolée païen ne me semble pas trop
converti au christianisme. On a beau en avoir fait
une église, il reste temple. Il est noir, il est froid,
et malgré les déblais pratiqués il est encore profondément enfoui, et par sa forme même il ne peut être
un lieu de recueillement et de prière. J'y suis entré
ce matin, guidé par une pensée de reconnaissance
artistique, pour voir le tombeau de Raphaël, et aussi
poussé par une curiosité naturelle. Une simple inscription gravée sur une table de marbre : Voilà le
monument consacré à cette immortelle mémoire de
Raphaël ! Je reconnais, malgré l'étonnement que

cause la première vue de cette pierre modeste, que
cette simplicité a son éloquence. On dirait que devant ce maître incomparable, l'art s'est déclaré im-
puissant. Non loin de là on admire un cénotaphe
érigé au cardinal Consalvi, œuvre excellente du
sculpteur suédois Thorwalsen, et de l'autre côté du
maître-autel, dans la masse même de la coupole, a
été pratiqué un *loculo,* dans lequel on a déposé le
corps du roi Victor-Emmanuel. C'est un singulier
contraste! Dans le même lieu, le tombeau du grand
Consalvi, qui a été sous Pie VII le restaurateur de
la papauté temporelle, et celui du Roi *galantuomo,*
qui de nos jours a ruiné celle de Pie IX. — Étrange
contradiction aussi ; car voilà l'homme qui s'est
approprié le patrimoine de Saint-Pierre, qui a chassé
de Rome les congrégations religieuses, qui a fait au
Pape et à la religion la guerre la plus violente et
la plus funeste. Sa vie tout entière a été une lutte
contre l'Église, et c'est dans une église qu'il repose
et qu'il attend, avec confiance, la résurrection et le
jugement. — Est-ce une inconséquence, un défi ou
une profanation?

Les colonnes de style corinthien du grand portique du Panthéon sont les plus heureusement pro-
portionnées qui soient sorties du ciseau de l'art
grec et qui soient parvenues jusqu'à nous, mais le
Panthéon en lui-même à l'intérieur est lourd et mor-
tellement triste. Le trait de génie de Michel-Ange a
été de le placer dans les airs et d'en faire la coupole de Saint-Pierre. En lui donnant des ailes l'art
chrétien a transfiguré le Panthéon.

.*.

En sortant du Panthéon on se trouve sur la place
la plus campagnarde et la plus pittoresque d'Italie.
C'est le marché de la Ville Éternelle, et à le voir dans
son animation et son approvisionnement on a lieu
de croire qu'il offrait il y a deux mille ans exacte-
ment le même caractère et le même aspect. Les
étalages de ces marchands vivandiers sont à la fois
récréatifs et très-appétissants. Dans cette saison de
fin d'année et de chasse abondante et libre, les en-
virons du Panthéon ont une couleur à part. On y
trouve étalés tous les volatiles et tous les gibiers :

les bécasses, les vanneaux, les poules d'eau, les dindons, les lièvres et les sangliers eux-mêmes.

Les légumes et les fruits ne sont pas oubliés. Voici des petits pois, au mois de décembre, et des ananas à vil prix. Toutes les herbes, toutes les salades, depuis le fenouil jusqu'à la laitue nationale et romaine, sont étalées dans ces corbeilles. Tout auprès regardez ces saucisses et leurs variétés, ces cervelas et leurs innombrables congénères. Admirez et ne flairez pas, car on trouve là des produits étranges que le goût national affectionne, et qu'il faut avaler de confiance. Comme il est artiste l'Italien en ce qu'il fait, et ingénieux dans ces exhibitions et éloquent et empressé en vous présentant sa marchandise ! *Volete mio, bello Signor!* Et pour un demi-sourire accordé, voilà l'estimable vivandier en train de plumer ses bécassines, de les faire rôtir en brochette et de vous les servir en pleine place publique.

De tous ces produits et de toutes ces victuailles le trafiquant construit des monuments, arrondit des dômes, organise des perspectives. Sous des portiques de jambons, des fromages sont empilés et forment des colonnes. Des guirlandes de fleurs, de feuillage et de papier doré se marient à des festons

et à des astragales de tomates, d'oranges, de citrons
et de régimes de toute nature.

La petite madone populaire, dont le type est
emprunté à Carlo Dolce ou à Sasso-Ferrato, préside
aux affaires, fait aller le commerce et bénit celui
qui achète et celui qui vend. Toutefois, malgré le
pittoresque de la mise en scène, l'atmosphère est
épaisse et nous engage à doubler le pas.

Malheureusement, il n'est pas facile de fuir et de
gagner l'air libre. On court même le risque de tomber de Charybde en Scylla. — Le Ghetto, quartier
des juifs et des marchands frippiers, n'est pas loin.
c'est un danger et une épreuve aussi. — Là, en effet,
la grande cité a des aspects insolites et singulièrement en dehors de tout ce qu'on peut prévoir et
soupçonner. Des troupeaux de chèvres, des vaches,
des ânesses y vivent sans inquiétude près d'un abat-
toir où l'on égorge impitoyablement des bœufs et des
brebis. Sous un portique qui supporte une colonne
de granit et au-dessus de laquelle fleurit une giro-
flée, une muraille peinte à la fresque élargit l'horizon et simule un jardin si bien rendu que l'œil est
trompé. De l'étage le plus élevé à la fontaine jaillis-
sante qui rafraîchit le *cortile,* un fil de fer, auquel on

accroche le panier et la cruche, facilite les rapports :
on voit monter par là les provisions du ménage, la
correspondance et les bottes cirées des locataires et
pour leur déjeuner matinal une portion de café et un
petit pain.

Plus loin, les haillons, les lessives et les fritures
mèlent à l'envi leur aspect et leurs parfums. Il
faudrait le crayon de Callot pour rendre ces scènes,
ce laisser-aller, et la misère de cette agglomération.
Le Ghetto est cependant le quartier le plus salubre
de la cité. Les épidémies y sont inconnues. La fièvre, si redoutée, n'en franchit jamais l'enceinte.
Toute cette population dépenaillée, barbue, écheve-
lée, aux vêtements rapiécés, respire la vigueur et la
santé. A côté des hommes affairés, les femmes sont
assises, encombrant la voie, les unes filant, toutes
jacassant, certaines aussi prêtant aux têtes velues
de leurs enfants le secours d'une assistance épila-
toire qui rendrait jaloux des singes eux-mêmes. Les
puces ne sont point, en effet, ce qu'il y a de plus
redoutable dans ces quartiers. A Rome, d'ailleurs,
les puces sont bien vues. On a accordé le titre de
cardinalices à celles que l'on rapporte d'une visite à
Saint-Pierre. Elles font, dit-on, partie du Sacré-

Collége et elles sont reçues dans le meilleur monde ;
mais au Ghetto le péril est plus grand, et ce n'est
point à ces parasites seulement qu'on pourrait
avoir affaire !

C'est après avoir erré dans ces cloaques et ces
rues sombres, que bordent des demeures populaires, qu'il fait bon échapper ! et voir tout d'un coup
la rue noire finir, la toile se lever et apparaître
quelques-uns de ces lointains charmants pleins de
soleil qui dilatent l'àme, donnent de la liberté à
l'esprit et de l'air aux poumons.

Ainsi se présente, en débouchant de la *via dei
Coronari*, sur le Tibre, le pont Saint-Ange et le mausolée d'Adrien, surmonté de sa statue ailée et flam-
boyante qui découpe l'azur. Ainsi, en sortant de la
rue *dei Pettinari*, se voit le Janicule et la perspective
étagée qui couronne le cours du fleuve. Ces silhouettes du paysage italien sont incomparables et
radieuses. Est-ce la magie des souvenirs, l'effet des
contrastes ou l'absence du convenu et du connu qui
est cause de la séduction ? — Est-ce cette villa en-
vironnée de cyprès noirs qui domine sur la hauteur ? ou ce pin parasol qui s'élève comme une
vaste ombrelle à l'horizon ? où l'aspect fauve de ce

Tibre mécontent et limoneux traversant sans gène et sans transparence la vieille cité ? — Un peu tout cela, sans doute, mais aussi la puissance de cette lumière méridionale qui éclaire le tableau et qui enflamme l'imagination comme elle empourpre les lieux.

.·.

Quand on est ainsi sorti de Rome par la promenade, on y rentre plein d'émotions mais affamé, la tête pleine et l'estomac creux. On s'asseoit alors familièrement et famélique à ces grandes tables d'hôtes cosmopolites, où l'on coudoie toutes les nationalités et où l'on entend parler toutes les langues. Je suis placé à la grande table de la *Minerve*, tantôt entre un Allemand des bords du Rhin et un prêtre français en pèlerinage. Tantôt entre un Américain venant de Colombie qui raconte ses immenses voyages, et un officier en congé trimestriel que rien n'étonne. Il monte à l'assaut de toutes les questions et tranche comme un morceau de filet de bœuf la question romaine en particulier. Ma femme a à sa droite un illustre sénateur qui, le matin, a vu le

Pape, et, à sa gauche, un petit bonnet rond qui sent
Marseille d'une lieue et sous lequel jaillit un français accentué plus retentissant encore que l'italien.

Ces impressions, assaisonnées d'un arrière-goût
local, ne laissent pas que d'avoir leur charme. Tout
ce qui rappelle la patrie est de si bonne prise à
l'étranger, et il semble qu'ici les accidents de la vie
commune et ordinaire, aient une saveur et un attrait
inconnu ailleurs.

CE QUI NE CHANGE PAS

Un des grands caractères de Rome est l'immutabi-
lité. Sans doute, elle a subi des mutations sans
nombre. Elle a connu des Rois, la République, des
Empereurs, des Papes, mais, sous ces régimes divers,
elle a de tout temps gardé des traits qui lui sont
personnels. Tel est le sentiment de sa primauté universelle qui semble inséparable de sa destinée et
qui s'est affirmé aussi bien dans l'antiquité que
dans l'ère moderne. La religion, les arts ont eu
Rome pour centre.

Tout ce que l'on y voit dure et change peu. Malgré les efforts que l'on fait aujourd'hui pour moder-
niser Rome et la modifier, elle résiste, elle oppose
une force d'inertie et de permanence semblable à
celle de ces blocs de maçonnerie antique que l'on
rencontre sur la voie Appienne faits de ciments et
de briques et qui ont résisté au temps, à la pioche
et à la charrue. Aussi a-t-on raison de croire que
 es institutions que le nouveau régime a altérées, ne
sont qu'en congé temporaire et qu'elles reparaîtront
naturellement. Une main plus puissante que celle
des hommes les ramènera. Il y a en outre ici des
choses et des impressions qui sont indépendantes de
la versatilité humaine et des événements. Elles font
partie de Rome. On les retrouve toujours. Je les ai
vues et ressenties il y a quarante ans, lors de mon
premier séjour; je les vois et je les ressens encore
aussi vives et aussi irrésistibles.

C'est le spectacle que donne aux yeux la nature
mêlée aux ruines. C'est la mélancolie ou l'extase
que vous causent tous les grands noms du paganisme
et de la Rome antique. Ce sont les premiers souvenirs de la tradition chrétienne, introduits dans la
vie de chaque jour. C'est un temple ancien sur

lequel s'élève une église : païen converti qui a sacrifié à Mercure et à Jupiter, et qui, aujourd'hui,
adore le Christ? Ce sont tous ces personnages majestueux de l'antiquité, Cicéron ou Salluste, qu'on a
coutume de voir sur un piédestal, servant ici d'affi-
che ou d'enseigne, et dans la maison desquels on
vend du lait et de la salade; c'est une basilique où
l'on rendait la justice et où un boulanger enfourne
son pain. C'est le squelette de cette vieille cité sortant à chaque instant de son tombeau, soulevant
son suaire à travers les maisons modernes et mon-
trant ses gigantesques ossements de travertin per-
çant les murailles ou trouant le sol. C'est encore la
chaîne vivante et si facile à renouer et à suivre,
qui de Romulus va à César et de saint Pierre à
Léon XIII. C'est le développement progressif de la
Rome antique, couronnée et conservée par la Rome
chrétienne. On peut parcourir, les monuments à la
main, les sept-cent cinquante ans de l'antiquité et
les dix-huit cent ans du monde moderne comme sur
un tableau synoptique; les rois, les consuls, les
orateurs, les empereurs sortent vivants de toutes
ces ruines, ils viennent vous conter et vous expliquer eux-mêmes toute l'histoire romaine.

*
* *

A côté des choses qui satisfont la curiosité et ré-
veillent la mémoire, voici des choses qui vont à
l'àme.

Ici le sénateur Pudens a reçu le pêcheur de Galilée. Ici Pierre et Paul, les apôtres, ont vécu et se
sont rencontrés. Sur la colline de Montorio la croix
du premier pape a été plantée, et là-bas, dans la
plaine, coulent les trois fontaines miraculeuses mar-
quant les trois bonds que fit la tête de saint Paul
lorsque l'exécuteur romain la fit tomber.

Si parfois la naïveté de certaines légendes tient la
foi en suspens, si la vivacité imaginative ou crédule
de l'Italien vous fait défaut, ce n'est pas à Rome que
la foi peut s'éteindre : une visite au Colisée la re-
trempe dans le sang des martyrs.

Les prières de la liturgie sacrée prennent à Rome
une saveur inconnue. Jusqu'à présent je les avais
lues, ici je les sens. A saisir sur le vif et en plein
martyre la trace de tous ces saints et de toutes
ces vierges, sainte Cécile, saint Clément, sainte
Agnès, saint Sébastien m'apparaissent et me devien-

nent amis et familiers. Le canon de la messe se
change en une ode sublime. Dans les catacombes,
l'Eglise persécutée transforme ces funèbres profon-
deurs et ces sombres dédales en sanctuaires sacrés.
On assiste à ces premiers mystères célébrés en secret
au milieu des tombeaux. On voit les basiliques sou-
terraines éclairées par les lampes tumulaires. On lit
les noms des victimes dont le sang a été recueilli,
et les images symboliques de ce christianisme nais-
sant qui voilait sous les emblèmes du Bon Pasteur,
d'Orphée, de Jonas, de la vigne, de l'ancre ou du
poisson les figures du Christ, de la croix ou de la résurrection. Si vous sortez de ces nécropoles sacrées,
soudain la Rome triomphante et civilisatrice se dé-
voile et l'œuvre du christianisme vous apparaît.
Aux églises primitives de Saint-Clément ou de Sainte-
Pudentienne succèdent les cloîtres bysantiques de
Saint-Paul ou de Saint-Jean de Latran. Puis l'art
se transforme, la colonne est remplacée par l'arceau,
la mosaïque par la fresque ou le tableau, le dôme
s'élance et s'arrondit, la main puissante des papes
fouille la terre, les savants exhument la Rome dé-
truite et ravagée, les chefs-d'œuvre mutilés sont
ramenés en triomphe dans les musées. Une légion

d'architectes, de sculpteurs et de peintres s'inspirent de ces modèles et élèvent une Rome nouvelle,
jeune, florissante et superbe qui se pare des dépouilles du passé et protége leur conservation. Ils
ramènent dans la cité ses eaux célèbres et jaillissan-
tes, ils dressent sur ses places ces obélisques ren-
versés, ils relèvent ces colonnes que le feu a couchées
sur le sol, et plaçant dans les airs le Panthéon lui-
même, ils rendent à Rome, au nom des arts et de la
foi, ce sceptre et cet empire que les barbares lui
avaient enlevés et que la civilisation, reprenant son
cours, a remis dans ses mains.

Ces choses-là sont éternelles à Rome. — Il ne
dépend ni d'une révolution, ni d'un gouvernement
de les détruire, et elles sont de taille à écraser dans
leur chute ceux qui voudraient y toucher.

*
* *

Mais ce qui a changé, le voici :

Ce sont les dehors et l'extérieur des choses, c'est
la physionomie de cette ville que nous avions laissée
théocratique et universelle et qu'on veut aujour-
d'hui rendre italienne et par conséquent amoindrir.

Le caractère religieux dont elle était marquée et qui frappait l'étranger a été altéré. Rome n'a plus ses prélats, ses carrosses de cardinaux, ses ecclésiastiques en habit romain, sa population de moines, de religieux et de pénitents. On ne rencontre plus ce cortége éclatant et bien venu qui portait à de certains jours la majesté papale entourée *du gala* légendaire à travers la cité, laissant les yeux éblouis, les misères soulagées et les fronts courbés sous la bénédiction du Père et du Souverain. Elle n'a plus surtout ces grandes cérémonies qui, aux jours solennels de la Semaine-Sainte et de Noël, attiraient le monde entier, et par suite les grandes basiliques, les innombrables églises semblent délaissées ou abandonnées.

Aux heures matinales ou tardives, dans les quartiers excentriques, on rencontre se glissant le long des murs quelque exemplaire attardé et ruiné du clergé romain. Par une vieille habitude, les pauvres suivent le prêtre dont la figure est émaciée par la misère et dont le costume est râpé. Par une vieille habitude aussi, le prêtre partage le peu qu'il a ; mais les temps sont changés et les bienfaiteurs d'autrefois sont aujourd'hui plus à plaindre que les malheureux qui les obsèdent.

Les pauvres peuvent, en effet, tendre la main ;
les prêtres, réduits à la portion congrue, souffrent
et se cachent.

La sécularisation des biens du clergé et la dispersion des ordres religieux a eu ce résultat désolant. Le
caractère sacré du sacerdoce, qui est ineffaçable, est
cependant resté sur ces hommes persécutés. Ils sont
souvent aux prises avec des sollicitations impérieuses
et placés entre la faim et le parjure. Souvent aussi
l'âge et la maladie aggravent la misère. Un cardinal
me disait ces jours-ci : « Le plus clair de mon re-
« venu passe de mes mains dans celles de nos prê-
« tres sans ressources. Je m'épuise pour les main-
« tenir debout et dans le devoir. » La dispersion
des couvents a fait un autre genre de mal. Elle a
frappé les hommes et les institutions; mais elle a
atteint du même coup les sanctuaires. Les plus vé-
nérés et les plus intéressants au point de vue chrétien
étaient confiés à des congrégations. Aujourd'hui, les
cloîtres sont déserts, et, par suite, les églises sont
dans un état d'abandon navrant. On a bien toléré
que quelques religieux veillent encore à l'entretien
des autels, à la célébration du culte; mais comme
ils ont à peine de quoi vivre, comme les vides que

la mort fait dans leurs rangs ne sont pas comblés,
petit à petit les soins font défaut, les besoins aug-
mentent, les ressources diminuent, et la ruine est
prochaine.

Combien ces religieux étaient-ils avant la Révolution de 1871? quels étaient leurs revenus? combien et que sont-ils aujourd'hui? Je n'ai point
dressé cette statistique, mais elle serait intéressante
à établir. — Ce qu'il y a de sûr, c'est que le gouvernement italien ne s'est point enrichi dans cette
opération et que les monastères sont définitivement
ruinés. Ce que j'ai vu, c'est Saint-Grégoire avec ses
trois églises si pleines de souvenirs, si remarquables
par les fresques qui les décorent, abandonné à cinq
religieux. — Sainte-Marie-des-Anges, la grande basilique, œuvre de Michel-Ange et de Vanvitelli, dont
les murailles sont ornées des toiles originales qui
ont été en partie reproduites en mosaïque à Saint-
Pierre, est confiée à une douzaine de Chartreux.
L'édifice est immense, il a été élevé sur l'emplace-
ment des thermes de Dioclétien, et peut contenir
au-delà de douze mille personnes. Je fus saisi, en y
entrant, par l'immensité de la solitude. Un moine
balayait l'église, tandis qu'un gros chat noir faisait

le guet le long des murs. Je m'étais arrêté en face
d'une belle statue de saint Bruno, sculptée par
Houdon, et j'en admirais la muette et vivante attitude. — C'est d'elle qu'on a dit : « Elle parlerait si
ce n'était contre la règle ! » — Interrompant son
labeur et ma rêverie, le pauvre Chartreux vint me
proposer de visiter le sanctuaire et les reliques. Il
avait reconnu en moi un compatriote. Il était lui-
même Alsacien, et comme il le disait tendrement
et avec accent, deux fois Français. Il me montra en
grand détail le martyre de saint Sébastien de Zan-
peri, le tombeau de Salvator Rosa, un magnifique
ossuaire et de merveilleuses sculptures dans le
chœur. Mais il ne put me montrer ni le jardin, ni
le cloître occupé par les troupes du roi d'Italie. Ce
cloître aux cent colonnes, un des plus poétiques et
des plus grands que l'on puisse voir, est aujour-
d'hui laïcisé et incorporé comme quartier militaire
dans l'armée italienne. Les cyprès légendaires
plantés au centre par Michel-Ange, ont l'air de
pleurer sur cette profanation. Ils dépérissent visi-
blement. Encore quelques années d'outrages, et ils
auront disparu. Pour des religieux cloîtrés, la privation d'un jardin est une privation d'un caractère

tout spécial, c'est l'abdication suprème qu'aucune
règle monastique n'impose, mais mon guide n'y
pensait guère. Sa misère personnelle ne lui était
rien. Ce qui faisait venir des larmes à ses yeux,
c'étaient les grandes lézardes et les gouttières que
nous remarquions aux voûtes et aux murs de l'église,
c'était l'abandon dans lequel languissait ce centre
de son ordre proscrit, c'était la perte irréparable
des propriétés dont le revenu servait à l'entretien
de ce grand monument, et qui aujourd'hui confis-
quées et vendues par le gouvernement, sont devenues
l'assiette d'un quartier nouveau, celui-là même au
centre duquel s'élève cet immense et dérisoire édifice que l'on a appelé le ministère des finances. Ce
palais paraît aussi peu solide que les assignats qu'il
a mission d'émettre. — En me quittant, le pauvre
Chartreux alla reprendre son grand balai en attendant qu'il fût lui-même jugé de trop et balayé à
son tour.

Au couvent de Saint-Onuphre, au-delà du Tibre,
la situation est plus triste encore. Là il n'y a plus
personne ; seulement, comme le tombeau et la
chambre du Tasse sont d'une exploitation rémuné-
ratrice, comme la vue que l'on a du jardin du cou-

vent sur Rome est incomparable et que la petite
Vierge peinte à la fresque par Léonard de Vinci
vaut à elle seule la course et vous récompense de
l'effort qu'exige la rude montée, un gardien laïque
fait la recette et encaisse 50 centesimi par visiteur.

Au Gésù, c'est-à-dire au centre même de Rome,
dans l'église, jadis la plus visitée, la plus opulente,
la plus desservie, la plus populaire du monde romain, réside un simple sacristain. Les offices y ont
cependant lieu les jours de fête et continuent à y
être suivis. Mais le couvent, la maison-mère et centrale de l'ordre des Jésuites, est occupé par les cara-
biniers royaux, et de cette demeure où tant d'hommes excellents et pieux vous recevaient et vous
secouraient jadis, il ne reste plus que le souvenir.
La chambre dans laquelle saint Ignace est mort a
cependant échappé à la proscription. On y parvient
par un couloir ménagé dans l'édifice, et à de certains jours on y vient prier avec une autorisation
spéciale, comme en cachette.

Par une exception particulière, les églises mona-
cales qui jouissaient du titre de paroisses, comme
Sainte-Marie sur Minerve, ont été préservées. Les
Dominicains qui la desservent n'ont pas été expul-

sés. Les Capucins de la place Barberini et ceux
d'Ara - Cœli doivent également à la circonstance
fortuite qu'ils ont été établis et qu'ils sont entre-
tenus par les munificences personnelles, le maintien
de leur ancienne situation. Et enfin, les Trappistes
de Saint-Paul aux Trois-Fontaines qui vivent, nous
ferions mieux de dire qui meurent hors de Rome,
bravant la fièvre et s'occupant d'agriculture, ainsi
que les religieux qui se sont voués à Saint-Laurent
aux prières perpétuelles des morts, n'ont point été
inquiétés.

En dehors des maisons que je viens de nommer,
tous les ordres religieux d'hommes ont été frappés,
et les congrégations de femmes elles-mêmes, qui
étaient peut-être moins visées par les lois nouvelles,
sont tombées dans le plus grand dénûment.

Cette situation est la plus triste que l'on puisse
imaginer. Les esprits superficiels et même beaucoup
d'esprits sérieux, mais imbus d'idées fausses et de
préjugés, n'en saisissent ni l'importance, ni la
valeur. En général, le monde ne comprend rien au
rôle que les couvents et que les ordres religieux
remplissent dans l'établissement catholique. Il n'y

voit qu'une exagération qui a fait son temps, dont
on a abusé et dont on pourrait se débarrasser sans
inconvénient. — On juge également avec la même
rigueur et la même légèreté ce qui se trouve à Rome,
où les églises sont innombrables. Bien des gens se
demandent souvent à quoi servent tant de basiliques, tant de monastères, tant de sanctuaires ?
Chacun a cependant sa raison d'être, car il con-
sacre une tradition religieuse, perpétue la mémoire d'un Saint dont la vie fut un exemple et dont
le tombeau n'a cessé d'être depuis une source de
grâces et de bénédictions. Mais on ne s'arrête pas à
cela, on compare la multiplicité de ces édifices à la
population qu'elle semblait destinée à desservir, et
l'on conclut qu'il y a excès, pléthore de monuments
et de fondations relevant de la même pensée, et
qu'ils sont par conséquent inutiles.

C'est mal comprendre ce que représente Rome,
centre du monde catholique et pivot de la pensée
chrétienne. A envisager la capitale italienne comme
une ville ordinaire, on pourrait peut-être raisonner
de la sorte, mais, à la prendre comme foyer d'une
religion universelle pleine d'expansion et de fécon-
dité, on peut dire que ses congrégations religieuses

sont, en réalité, son moyen d'action et son épanouis-
sement. Le Pape peut à la rigueur se passer d'armée,
de citadelles, de marine, il ne peut se passer d'ordres
militants destinés à propager et à perpétuer dans le
monde entier l'esprit même de cette religion qui est
le contraire de l'esprit du monde, le renoncement,
le sacrifice, la charité, la chasteté, la pauvreté, l'hu-
milité, tout ce faisceau de vertus sublimes, d'essence
chrétienne, qui, sous le froc du moine, sont en état
de croisade éternelle contre l'orgueil et le sensua-
lisme humain. — Si on ôte cela à la papauté, si on
la dépouille de cette manifestation qui montre le
christianisme vivant et produisant son fruit, on lui
ôte ses places fortes, ses arsenaux, sa milice, et on
ruine du même coup sa puissance spirituelle. —
Voilà pourquoi les décrets qui ont décimé et anéanti
les ordres religieux en Italie sont si menaçants pour
le catholicisme. Combinés avec la loi qui oblige les
séminaristes au service militaire, ils ont fait plus de
mal à l'Église que le vol de son territoire et de son
domaine temporel, car ils ont tari, dans sa source,
la séve du sacerdoce dont elle ne peut se passer ! —
C'est le redressement de cette violation, de l'indé-
pendance papale qu'il importe le plus de poursuivre,

car c'est là ce que la Révolution italienne a fait de
plus détestable et de plus impie !

« Il y a trop d'églises à Rome »; c'est bientôt dit.
Il n'est pas aussi facile qu'on le pense de les suppri-
mer. A côté de ce qu'elles représentent au point de
vue des souvenirs du christianisme et de ses traditions les plus vénérables, a-t-on bien mesuré ce
qu'elles renferment de merveilles artistiques? Rome
tout entière n'est qu'une immense relique et qu'un
sublime reliquaire. On ne se figure pas de loin combien cette grande métropole du passé puise sa vie
dans les choses consacrées par la foi et la tradition,
et combien elle est embarrassante, à vouloir en
faire autre chose que ce qu'elle a toujours été, la
ville sainte, la ville des papes. La sécularisation
équivaut ici à la destruction. Sans doute, avec ses
200,000 habitants, Rome n'aurait besoin que d'une
douzaine d'églises paroissiales. Ce ne serait même
plus les plus grandes, les plus importantes qu'il
faudrait conserver et affecter à ce service. Elles ne
sont pas toutes centrales. Saint-Paul, Saint-Jean-de-
Latran, Sainte-Croix en Jérusalem, Saint-Laurent
hors-des-Murs et trois cents autres doivent suc-
comber dans ce triage administratif. Mais si, chan-

geant de point de vue, si au lieu d'envisager les besoins paroissiaux des 200.000 habitants qui peuplent Rome, vous envisagez ceux des 200,000,000 de fidèles qui forment le monde catholique et qui vivent de ses traditions, — concluerez-vous de même ?

Aurez-vous le courage ou la barbarie de congédier, pour cause de démolition, tout ce que la pensée catholique a produit d'admirable et de merveilleux ? — Jetterez-vous par terre tous ces portiques ? Laisserez-vous tomber en ruine ces fresques et ces mosaïques ? Renierez-vous Michel-Ange, Bramante, Pinturiccio et Raphaël au nom de la libre-pensée ? Mettrez-vous en vente, au détail, ces marbres pour les livrer aux Anglais de passage, et exploiterez-vous les ruines de Rome chrétienne, comme jadis les Barberini exploitèrent le Colisée ?

Essayez, ayez cette audace ! Puisque le catholicisme a fait son temps, tirez-en du moins quelque profit et relevez avec ses dépouilles la rente italienne et vos finances aux abois.

Faites, mais souvenez-vous aussi que les Papes ayant émigré à Avignon et ayant abandonné Rome durant cent treize ans, lorsque Catherine de Sienne ramena Innocent XI dans la ville éternelle, la population de la grande cité ne comptait plus que 13,000 habitants !

A LA PROMENADE

Les Romains et particulièrement les Romains de la campagne ne justifient nullement la réputation que l'emploi du geste et que la loquacité criarde ont fait au peuple italien. C'est surtout le long du littoral, aux habitudes commerçantes, et dans les provinces méridionales de la péninsule, que ces types-là se retrouvent. Polichinelle est né à Naples, et point à Rome. L'influence des mœurs agricoles et de la solitude pastorale donne à la population romaine une allure plus grave et plus sérieuse. Nobles dans leur port, mesurés dans leur démarche, drapés avec art dans leurs grands manteaux, ils tiennent de l'antique et du sénateur, sénateur un peu déchu, un peu crotté peut-être, mais majestueux et plein de poses saisissantes. On retrouve en eux les descendants d'un grand peuple. Appuyés aux gran-

des colonnes de leurs vieux monuments, fumant
nonchalamment leurs petites pipes de terre rouge,
on dirait qu'ils rêvent encore, le ventre creux mais
la tête haute, à leur ancienne grandeur !

Hors des murs, ils sont vigoureux et pittoresques.
Lorsque monté sur son cheval noir aux longues cri-
nières, couvert lui-même de peaux de chèvres, le
mollet serré dans des jambières de cuir, armé de la
longue pique et éperonné comme un chevalier, le
picador romain ramène en plein galop, le long des
grèves de la mer ou dans les marais, son troupeau
de cavales indomptées, il est la vivante image de
la vie libre en pleine nature, telle que la pratique
l'habitant des savanes de l'Amérique du Sud.

A toute heure et tous les jours, du reste, on peut
voir les *contadini* traverser majestueusement le
Forum, passer sous l'arc de Titus, poussant devant
eux leurs bœufs blancs aux grandes cornes et con-
duire triomphalement dans Rome leurs équipages
agrestes. Les pierres de la voie sacrée sont res-
tées les mêmes, seulement au char des empereurs
a succédé l'attelage du colon; aux dépouilles des
peuples vaincus, des chargements de paille et des
corbeilles de légumes.

.•.

La langue italienne dans la bouche de ce peuple
est pleine et sonore. Le proverbe dit, en effet : *Lin-
gua toscana, bocca romana*. On parle plus purement
à Florence, mais on prononce plus agréablement ici.
— La parole se complète par le jeu rapide de la
physionomie, qui y ajoute et qui la souligne. Les
mains n'y sont pour rien, mais, pour exprimer,
l'œil est tout aussi nécessaire que la bouche, et parfois l'œil suffit. Sans que la voix se soit fait entendre, un éclair rapide a animé les traits, la pensée
s'est fait jour, s'est communiquée et a trouvé un
courant. — C'est la parole électrique moins le fil.
— Comparez les monosyllabes sourds et presque
inarticulés que deux Anglaises, impassibles et com-
passées, se permettent entre elles, à ce langage tout
aussi bref, mais sonore et métallique, que deux
Italiennes se renvoient. Il y a là toute la différence
qui existe entre les brouillards du Nord et la lumière du Midi; et si vous rapprochez ces deux ladys
méthodiques et raides qui traversent la place d'Espagne en répétant : *Indeed* ou *You dont say so,* sans

6

déranger la surface de leur visage, de ces deux jeunes filles romaines qui échangent, avec la rapidité de l'éclair, un regard ou un sourire, et qui livrent hardiment aux yeux et aux oreilles les notes éclatantes de leur voix et l'émail de leurs dents, il y a la différence qui existe entre les fleurs pâles et sans parfum du pôle et les fleurs colorées et embaumées qui s'épanouissent en plein soleil sur les pentes du Pincio !

.˙.

Les femmes, qui partout ailleurs sont la plus belle moitié du genre humain, ne se contentent pas ici de ce privilége. Elles en sont aussi très-souvent la plus forte ! La finesse de leur physionomie contraste avec leurs formes athlétiques. — Elles conservent toutefois un caractère et une variété qui leur est propre. On ne se figure pas aisément ce qu'une matrone romaine, passablement nourrie et garnie de jupons, peut représenter de volume. Lorsque les années et même peu d'années ont passé par là, à la fermeté des traits, à la franchise des tons, à l'opulence de la chevelure, à l'éclat charnu du col

succède un visage ridé, des chairs avachies, une
tête plaquée de calvitie, une bouche ébréchée, bref
une vieillesse précoce et très-accusée. Nulle part la
jeunesse n'est plus nécessaire aux femmes qu'en
Italie. Le soleil les traite comme il traite les fleurs
du pays : il les fane vite.

*
* *

Comme partout en Europe aujourd'hui, le costume national est en grand discrédit, les étoffes
bariolées et pittoresques dont le peuple avait le
goût sont de plus en plus abandonnées, l'uniformité
gagne insensiblement; le peuple étale sans compensation sa pauvreté. Il ne sacrifie ni aux Grâces, ni
à la propreté et n'a point hérité du goût que ses
ancêtres avaient pour ces bains fréquents et fas-
tueux auxquels Rome antique conviait jadis toutes
les classes de sa population : ses sénateurs, ses
chevaliers et même ses esclaves.

Ce n'est plus guère qu'à la campagne et aux
grands jours de fête qu'on retrouve le costume italien, soit à Gensano, soit à Velletri ou à Albano,
et par hasard dans les rues de Rome ou à la porte

des ateliers, près de la Trinité-du-Mont. — Encore
faut-il bien s'assurer, avant de se laisser prendre
à ces séductions locales, qu'elles sont bien authen-
tiques et que ces belles contadines ne portent pas,
comme on en fait courir le bruit, de fausses nattes
et des chignons !

Ce qui est charmant, c'est la physionomie des
enfants. Outre qu'on n'en rencontre nulle part un
aussi grand nombre, la langueur du regard et la
finesse des traits sont incomparables.

Chez les jeunes filles, les airs de tête, la grâce, la
désinvolture, le galbe du visage frappent et atti-
rent. Au détour d'une rue, sur les marches d'une
église, il n'est pas rare d'être surpris par une expression soudaine. On croit retrouver vivant et
animé le groupe ou la figure qu'on vient d'admirer
sur une toile de prix à la galerie Borghèse ou au
palais du prince Corsini, et on rencontre ainsi à la
promenade un Andréa del Sarto ou un Raphaël qui
a quitté son cadre et qui se chauffe au soleil.

.*.

Les pauvres sont toujours très-nombreux à Rome.
A la porte des églises, aux abords des monuments

qu'on visite, boiteux, écloppés, aveugles, vieilles et vieillards exercent leur industrie. Ces mendiants-là paraissent, cependant, 'en plein droit de l'exercer. Ils ont la tournure et les guenilles de l'emploi. Ceux qui vous embarrassent et qui vous surprennent davantage, ce sont les mendiants amateurs qui naissent sous vos pas, qui vous flairent, vous assaillent et contre lesquels on est sans recours.

Soyez indécis, dans une promenade, sur le chemin que vous avez à prendre; arrêtez-vous un instant rêveur, votre *Guide* à la main, sur une place ou au pied d'une colonne, aussitôt il sort de dessous terre un homme qui vous sourit, vous entretient, dissipe vos doutes, étale sa science, petit à petit s'attendrit, met des larmes dans sa voix, devient le père de six enfants, n'a rien mangé depuis trois jours et finit invariablement par tendre la main.

A côté de cette mendicité en plein vent qui est du domaine public, se trouve la mendicité dans les églises. — Celle-ci est plus particulièrement affectionnée par les femmes.

Nous entendons tous les jours la messe à Sainte-Marie-sur-Minerve avant de partir pour nos excur-

sions du matin. — La messe est à peine commen-
cée qu'une grande femme âgée, enveloppée d'un
châle fané et coiffée d'un chapeau surmené, sur lequel s'élève en pyramide un bouquet de fleurs bariolées, s'approche mystérieusement, tourne le dos
à l'autel, s'incline devant moi et finit par se mettre
à genoux, les mains jointes, en murmurant l'exposé
de sa misère! Elle va ainsi, tous les jours, d'un
étranger à l'autre, drainant tous les porte-monnaie
et faisant sa petite recette de *bajoques*.

La pauvreté se présentant de cette façon avec
l'apparence extérieure de la toilette des classes riches et sous les oripeaux qui furent l'élégance, na-
vre et déconcerte. Ainsi attifée, la misère perd le
caractère respectable que la livrée ordinaire des
pauvres lui donne. — Si on ne doute pas de sa sin-
cérité, on ne peut se défendre de lui trouver un
grain de ridicule!

Je crois cependant à la pauvreté de cette vieille
apparition. Il y a aujourd'hui un si grand malaise
dans les classes moyennes à Rome. La chute du
gouvernement pontifical a mis tant d'employés chargés de famille dans la gêne. Je ne lui reproche que
son obséquiosité et de me mettre dans un grand

embarras en se prosternant devant moi comme devant un saint. Heureusement que la misérable *pié-
cette* que je lui donne n'est pas un grand encoura-
gement à ce genre d'idolâtrie.

.·.

Vivre comme on le fait ici ne ressemble à aucun
autre genre de vie. On ne se reconnaît plus soi-
même. Échapper à la réalité pour nager en plein
idéal. Se laisser aller sans contrainte et sans scrupule dans ce milieu facile et entraînant où tout est
nouveau, attrait, spectacle et impression, d'où les
affaires et les devoirs sont bannis, où l'existence
normale est comme suspendue, en dehors de toutes
les préoccupations mesquines et banales qui ailleurs
encombrent et assombrissent le chemin, est chose si
rarement possible et justifiable, qu'en vérité l'on
se demande si cette réalité n'est point un rêve et si
ce plaisir-là n'est point un gros péché. — Et cependant, comment s'en défendre, et comment se con-
damner? Est-il donc prohibé d'ouvrir une paren-
thèse dans la vie, de fermer le livre à la page d'hier
pour le reprendre demain. Imiter les amoureux et

se payer une belle lune de miel dans ce charmant
pays que l'on ne fait que traverser, et se laisser
prendre pour un jour à tous ces mirages et à tous
ces éblouissements, est-ce donc criminel? Nous les
retrouvons assez tôt ces préoccupations sérieuses, ces
questions d'avenir et de présent, ces luttes politi-
ques, ces affaires, ces longues étapes d'existence
plate et uniforme, ce pain bis et ce pot-au-feu jour-
nalier qui nous attendent au retour. Ah! pour un
moment ouvrons nos cœurs et mettons-nous à l'aise,
car, aux démangeaisons que je ressens, nul doute,
une paire d'ailes est en train de pousser dans mon
dos !

Ici c'est une obligation que de se nourrir de toutes
ces choses agréables, instructives, pittoresques et
éthérées qui fournissent un incessant aliment à la
curiosité. Elles décuplent l'activité de la vie. Plaisir
et jouissance prennent la forme du devoir; venir
ici et n'y point goûter ces fruits si rares et si savou-
reux, se contenter de flaner comme dans une ville
banale, ne point regarder Rome à toute heure et
être seul; y lire des journaux de France, regretter
peut-être son bien-être casanier, soupirer après de
meilleurs cigares, une cheminée qui ne fume pas,

un peu moins de fromage dans sa soupe et un peu moins de parasites : ah! fi donc! ce serait pire qu'un péché, ce serait une hérésie.

J'ajoute enfin un fait certain, c'est qu'on est tout autre en voyage qu'on n'est chez soi; on est infiniment meilleur. Évidemment, on n'a point tout emporté, et on a oublié au logis quelques-uns de ses défauts ou l'occasion de s'en servir. C'est peut-être de la vertu temporaire; il n'importe, c'est de la petite vertu. Quand on n'en a pas de grande, il faut se contenter et se réjouir de pratiquer celle-là.

Comment faire d'ailleurs pour résister à cette attraction idéale pleine d'horizons et pleine d'accords? Elle vous saisit partout. Allez, par une belle après-midi d'automne, passer une heure sous la grande coupole de Saint-Pierre. Tandis que les chants de l'office du soir, adoucis par la distance et l'immensité, bercent l'oreille, le rêve du beau et de l'harmonieux se réalise et semble porté à sa plus grande intensité. Une sérénité calme et joyeuse pénètre en nous, et sur les rayons du soleil couchant qui traversent obliquement le grand dôme, on s'élève par la contemplation, on plane au-dessus des fanges, on se croit dans un monde épuré, où les vertus

théologales règnent et où la terre ressemble au
ciel !

LES ARTS

Il est impossible de respirer l'air de Rome sans
respirer aussi les émanations artistiques dont il est
imprégné. Comme les fleurs du Midi, les arts répan-
dent autour d'eux leur parfum pénétrant. Si réfrac-
taire que l'on soit à cette influence, si peu familia-
risé que l'on ait vécu avec leurs procédés techniques,
leur histoire ou leurs manifestations, on sent, en
arrivant en Italie, qu'en outre du charme que lui
valent ses horizons, son climat et ses souvenirs, elle
a eu de tout temps une aptitude particulière et
comme reçu un don spécial pour exprimer au
moyen des arts ses idées, sa foi et ses passions elles-
mêmes. Elle a rendu le beau sensible et a donné un
corps au monde idéal en un langage que tous les
peuples comprennent, mais dont le peuple italien a
connu mieux que tout autre le secret et la puissance.

Tel d'entre nous qui quitte sa ville ou sa province, peut-être même sa capitale, et qui connaît le

mieux son musée local et ses monuments civils et
religieux, qui croit même avoir et qui a en effet une
certaine expérience des marbres, des toiles et des
édifices, éprouve ici inévitablement un premier sai-
sissement de surprise impossible à réprimer. — Si
prévenu et si bien informé que l'on soit, on est
ébloui par le nombre, la variété et l'incomparable
excellence des merveilles accumulées.

C'est qu'en effet les arts ont mis leur empreinte
partout. Les colonnades, les dômes, les aiguilles, les
façades, les fontaines, les vieux temples, les modernes palais, les mosaïques, les fresques, les tableaux s'imposent aux regards, vous poursuivent et
s'emparent de vous, où que vous alliez et quoi que
vous fassiez. On peut vivre à Rome solitaire, perdu
dans la foule, oublieux du monde entier sans connaître âme vivante, mais il est des relations auxquelles il est impossible d'échapper, des êtres qu'il
faut forcément cultiver. C'est tout ce peuple de
marbre et de bronze sorti du ciseau du sculpteur ;
c'est cette foule céleste de saints et de madones que
des peintres sublimes ou charmants ont créés, ce
sont ces scènes ou ces portraits qu'ils ont rendus vivants qui subjuguent les plus rebelles et qui une fois

connus et admirés deviennent un monde nouveau
dont vous ne pouvez plus vous passer. Ailleurs, c'est
le privilége de quelques érudits, de quelques esprits
d'élite de fréquenter les chefs-d'œuvre et de se sentir éclairé et réchauffé par le commerce des maîtres. Leur intimité n'est accordée qu'avec peine aux
gens délicats au prix de faveurs exceptionnelles et
rares. Ici les maîtres sont à tout le monde, leurs
œuvres sont prodiguées dans les palais, sur les
places publiques, dans les églises, au dehors comme
au dedans, au coin de la rue, sur un édicule dans
la campagne; la ligne, la couleur ou le modèle atti-
rent le regard, sollicitent la comparaison et déve-
loppent le goût et le sentiment du beau. C'est mer-
veille de se voir presque involontairement initié à ce
langage du pinceau ou de l'ébauchoir que chaque
artiste parle à sa façon et par lequel il exprime ses
idées et communique avec la foule. Et l'on s'étonne
que les sept rayons du prisme ou que l'expression du
visage humain aient permis de créer dans le monde
des arts tant de langues diverses et tant d'idiomes
différents.

Il est curieux de constater aussi combien cette
langue est accessible au peuple lui-même. Les Ita-

liens, qui passent leur vie au milieu des marbres
et des tableaux, en ont l'intelligence et le sentiment à un degré surprenant; ils ont le sens inné
de la forme et de la couleur.

Il n'est pas rare d'entendre ici un homme sans
éducation raisonner peinture, expliquer une toile,
en faire saisir la beauté et le charme mieux qu'un
homme du Nord, instruit d'ailleurs, ne le saurait
souvent faire.

.·.

Ce ne sont pas les musées les plus nombreux qui
vous impressionnent le plus. Là, comme ailleurs,
la foule des œuvres provoque, comme toutes les
foules, la lassitude ou l'indifférence. Une visite
prolongée dans une grande galerie fait éprouver
aux plus vaillants une certaine fatigue. On commence par de l'enthousiasme, on finit parfois par
une migraine. Les musées d'ailleurs, dont l'utilité,
au point de vue de l'étude, est incontestable, ont
le défaut de vous présenter des œuvres diverses ·
d'inspiration, de ton, d'origine ou de grandeur
juxtaposées, mêlées parfois dans un jour défavo-

rable et toujours hors du lieu pour lequel elles avaient été composées, et qui était leur cadre naturel.

L'inspiration de l'artiste ne se transmet donc pas à l'œil de l'observateur dans les conditions par lui voulues. Les sujets profanes coudoient les sujets religieux. Un Claude Lorrain vous interroge à côté d'un Fra-Angelico, et la note qui vient de vibrer en vous, devant un Raphaël ou un Andrea del Sarto, est interrompue et produit une dissonance lorsque les yeux sont, sans repos ou transition, appelés à examiner un paysage de Salvator Rosa, une scène flamande de Teniers ou un portrait de Van-Dick. On a d'ailleurs, pour admirer et pour sentir, ses heures et ses jours. L'âme n'est point toujours également ouverte et disposée à ces visions et à cette étude pleine d'émotions, mais qui demande une certaine intention. Aussi, est-ce grand dommage que d'être le plus souvent obligé de voir tant de merveilles à la hâte, avec précipitation, d'amonceler impression sur impression, et combien sont heureux ceux qui peuvent attendre l'heure propice, revenir, choisir, étudier une école, un maître, comparer, jouir en un mot, au lieu de se livrer à cette débauche qui ressemble à un festin où le nombre des mets n'est plus en rapport avec l'appétit ou l'estomac du convive !

La savante et méthodique ordonnance de certaines galeries, et particulièrement de la galerie Borghèse, remédie en partie à cet inconvénient ; mais heureusement les musées ne sont point ici les seuls endroits où les arts vous donnent rendez-vous. Il est peu de pays où l'on ait, comme à Rome, l'occasion de voir tant de chefs-d'œuvre conservés dans les lieux et aux emplacements qui leur ont été destinés. Les admirables fresques du Vatican, les loges et les chambres de Raphaël, les peintures de la chapelle Sixtine, celles du Pinturiccio à Ara-Cœli ou à Sainte-Marie-du-Peuple, les pages que le Guide et le Dominiquin ont laissé à Saint-Grégoire, l'Aurore au palais Rospigliosi et tant d'autres qu'il serait trop long de nommer, se font voir dans tout leur éclat à la place où elles sont nées et pour lesquelles elles ont été conçues. En les voyant on change de siècle, on se retrouve à trois cents ans en arrière, et l'on s'attend presque à contempler et à entendre ces maîtres eux-mêmes dans ces lieux où ils ont travaillé et où ils vivent par leurs œuvres, attirant à eux ce flot de visiteurs qui, chaque jour, se renouvelle et qui ne se lasse pas de saluer leur génie.

UN JOUR DE PLUIE A ROME

Il tombe aujourd'hui une de ces pluies redoutables dont le climat de Rome a le privilége. Les tritons, les naïades de la fontaine de Trévi et les cochers de fiacre seuls la peuvent affronter. L'eau du Tibre, refluant par les canaux souterrains dans les soubassements du Panthéon, noie tout mon quartier, le plus bas de la ville et celui que les inondations maltraitent périodiquement. De ma fenètre j'aperçois sur la façade de l'église de la Minerve un petit bas-relief sur lequel sont gravées une arche de Noé symbolique flottant sur les eaux, une inscription et une date qui rappelle l'étiage qu'a atteint la derniere crue; je mesure de l'œil la légère différence qui me séparerait, le cas échéant, du niveau de la nappe liquide, et j'éprouve un certain malaise.

Que faire par ce temps affreux? — Il fait trop sombre pour visiter des tableaux. — La promenade

est impossible; rester chez soi dans une chambre
d'auberge est le dernier des partis à prendre. Allons
aux musées de sculpture au Vatican. Là nous serons
sur les hauteurs, à l'abri du fléau, éclairé mieux
que partout ailleurs, et nous pourrons utiliser notre temps et braver l'hiver qui sévit.

Ces musées sont la ressource éternelle des touristes embarrassés. — Ils sont une mine inépuisable.
— On la fouille sans cesse; elle reste toujours incom-
plétement explorée. En effet, ce Vatican est tout
un monde. Sans nous arrêter à vérifier s'il contient
réellement, comme on le dit, 11,000 chambres et
240 escaliers, les cours, les chapelles Pauline, Sixtine, Martine, les loges, les chambres de Raphaël et
les galeries dépassent tout ce à quoi l'on s'attend.

Les 17 musées que l'on y voit contiennent un nombre de statues qui égale la population d'une ville. —
Supposons, par exemple, que sous l'empire d'une
fantaisie bizarre nous écrivons à M. le maire de Saint-
Gaudens de nous fournir, pour les élever aux honneurs du piédestal, un nombre d'habitants de sa
bonne ville, je ne dis pas célèbres, mais simplement
vivants, égal à celui des statues que nous pouvons
voir ici. — M. le maire nous répondra confus : « Po-

7

pulation insuffisante, n'est pas à cette hauteur ! »

En vérité, c'est humiliant pour Saint-Gaudens, qui est cependant une sous-préfecture !

Ces statues et ces bas-reliefs sont, sans contredit, ce que Rome contient de plus précieux et de plus rare. On voit des tableaux partout en Italie. Florence est peut-être même un centre plus complet à ce point de vue. Le Louvre, Londres, Dresde, la Hollande, Vienne et Munich ont des toiles superbes signées des peintres les plus célèbres; mais on ne voit des statues qu'à Rome. On ne voit qu'ici cette résurrection de toute une époque, de toute une civilisation, de toute une société, les hommes du temps mis en face des maîtres qu'ils ont servis et des dieux qu'ils ont adorés, et cela consacré par le ciseau du génie.

Ce n'est pas sans un certain étonnement que l'on retrouve dans le palais des papes, c'est-à-dire dans la demeure des pontifes de la religion chrétienne, les dieux de l'Olympe et les statues des empereurs qui ont été les orgueilleux athlètes du paganisme, les persécuteurs de la foi naissante et les ennemis de tout ce que la religion du Christ a fait triompher. A regarder de près la vie privée si souvent légère

des dieux païens, c'est à la porte qu'ils eussent dû
peut-être rester. Mais oublions cela. Ils sont ici
comme de glorieux vaincus, comme des captifs faisant cortége à la papauté victorieuse, témoignage
vivant du respect que le catholicisme professe pour
tout ce qui fut grand, pour tout ce que l'homme a
vénéré et qui a été la source et le mobile de son
activité, — et témoignage aussi du peu de crainte
qu'inspirent à une religion fondée sur le spiritualisme
les idoles, admirables sans doute mais à jamais dé-
trônées, du paganisme tombé en oubli.

Certes ! s'il pouvait jamais renaître ce paganisme
si gracieux, si fécond, si ingénieux, si divers, si
puissant, si sensuel, si souriant aux forces de la nature et aux faiblesses humaines et si incomparable
dans leur glorification, c'est bien ici qu'il retrouve-
rait un peuple d'adorateurs. — Devant ces ravis-
santes idoles, l'antiquité a bien pu s'incliner et
croire à la divinité de la forme. Rien de plus beau
n'a été fait. — L'idéal chrétien n'avait pas encore
fait entrevoir un but irréalisable, et quand il le montra, l'art désespéra de lui-même, le ciseau tomba de
ses mains. — C'est peut-être dans cette différence
du but à atteindre qu'il faut chercher l'explica-

tion naturelle de ce découragement et de la supériorité de la sculpture ancienne sur l'art moderne.

L'artiste païen cherchait la divinité dans ce qu'il voyait. Ses modèles étaient sous ses yeux. Il choisissait les plus parfaits. L'exactitude de la reproduction suffisait à son œuvre. Aujourd'hui nous la cherchons au delà, hors de nous-mêmes. Nos yeux ne l'ont jamais rencontrée, et d'autre part la matière résiste et se refuse à reproduire l'infini !

Quoi qu'il en soit, les voilà tous, ces Jupiters tonnants lançant leurs foudres à peine éteintes, ces Junons superbes, ces Minerves sereines, ces Dianes partant pour la chasse, Mars armé en guerre, Neptune dans sa conque marine, Vénus voluptueuse, Apollon évoquant les arts, et ces muses et ces nymphes si jolies, si sveltes, si légères, si disposées à la danse qu'on s'attend à chaque instant à les voir descendre de leur piédestal, former leurs rondes gracieuses, et préluder aux jeux du Parnasse et aux pompes de l'Olympe.

Faunes, Naïades, Satyres, dieux de la terre, dieux des fontaines, dieux des bois, vous voilà tous dans le palais de Pierre, le pêcheur de Galilée, et de votre gloire évanouie que reste-t-il ? — Qu'est devenue

votre passagère immortalité? Où sont les foules qui
entouraient vos autels et qui vous offraient des sa-
crifices?

Tout cela s'est effondré. — Ce qui reste, ce sont
vos images éblouissantes et lumineuses. Nous les sa-
luons au nom de l'art dont vous êtes la gloire et de
l'humanité elle-même, dont vous fûtes la fable. —
En fouillant le marbre et en le divinisant, l'homme
cherchait à retrouver la notion voilée en lui-même
du Dieu vivant, et vous êtes, sous des apparences
trompeuses, un témoignage réel du besoin qu'il a
de croire et de rendre hommage au maitre de l'esprit et de la matière.

Rien n'est plus charmant que cet Olympe de chefs-
d'œuvre. L'élégance des poses, la légèreté des dra-
peries, l'harmonie des compositions, la pureté des
lignes vous fait aimer cette science sculpturale que
l'école grecque a portée à son point culminant.

Si maintenant, laissant de côté tout le personnel
radieux de la mythologie, nous passons des inven-
tions de la Fable antique, de l'abstraction idéale
aux réalités de l'histoire, de la sereine majesté de
l'Apollon et des dieux de l'Olympe aux figures et
aux statues des Césars, quel contraste et quel sujet

d'étonnement ! — Nous étions tout à l'heure sou-
riants et ravis devant ces images des dieux ; nous
voici presque tremblants devant celles des hommes.

Il n'y a pas de livre au monde, pas de mémoires,
pas de chroniques, plus saisissants que cette as-
semblée de marbre qui nous rend, avec leurs
traits, avec leur port, leurs physionomies et leurs
passions, tous ces tenants de la vieille société romaine, détenteurs du pouvoir, qui ont si rudement
pesé sur le monde. — On n'y entre qu'avec effroi,
tant leur silence est encore menaçant et leur immo-
bilité à peine contenue.

C'est ici, sous ces portiques, qu'il faudrait, Tacite
à la main, lire l'histoire des Césars et des empereurs,
interroger Auguste, accuser Caligula, Claude et Do-
mitien, flageller Néron, flétrir Messaline, clouer Livie
au pilori, vouer au mépris les sénateurs et les af-
franchis complaisants qui se courbaient sous de tels
maîtres, et donner cours à ce flot d'émotions qui vous
envahit. Mais il ne le faut faire qu'à voix basse, car
le sculpteur a déposé tant de vie dans ces images,
qu'après dix-neuf siècles écoulés le sang circule
encore dans leurs veines, et que leurs ardeurs et
leurs violences se lisent encore dans leurs traits. —

La nature humaine s'y montre dans toute sa force.
Les têtes carrées, les bras nerveux, les épaules char-
nues, les muscles saillants, les physionomies sévères
donnent, de la taille et de la virilité romaines, une
idée que les types modernes ne sauraient égaler.
On se sent petit et rachitique à côté de ces blocs
animés.

Que deviendra l'homme si la dégénérescence de
l a race s'accentue encore davantage? — Les sculpteurs modernes sont déjà bien embarrassés quand
nous leur demandons de faire du beau avec les petits grands hommes que nous leur fournissons. Que
sera-ce lorsqu'ils n'auront plus pour modèles que
les descendants de nos législateurs actuels!

La science nous fait venir du singe. Il me semblerait plus facile à prouver que nous sommes en
train d'y aller.

Mais revenons aux musées du Vatican.

L'intérêt grandit encore et se transforme pour
nous laisser en proie à des impressions plus douces
et plus humaines devant les effigies ou les bustes
des écrivains, des poëtes et des orateurs qui se recommandent au souvenir par leurs écrits. Cette ico-
nographie littéraire rassérène et repose l'esprit.

Nous voici devant Cicéron à la tête fine et effilée,
aux joues amaigries, à l'expression pénétrante et
caustique. Son nez n'a point cette verrue conven-
tionnelle et apocryphe que les collégiens, jouant
sur son nom, se plaisent à lui accorder. Cicéron ne
ressemble en rien au buste vulgaire que l'on rencontre dans les études des avocats ou des cabinets des
professeurs. Tout en lui est délié, spirituel, disert et
correct, comme le sont ses lettres ou ses plaidoyers.
Après lui et au-dessus de lui nous trouvons Démos-
thènes, l'empereur de l'éloquence. Le marbre ne paraît pas l'avoir refroidie; elle est prête à jaillir de
ses lèvres entr'ouvertes. On croit l'entendre encore
du haut de la tribune aux harangues passionner les
Athéniens. Plus loin, nous faisons connaissance avec
Euripide et Ménandre, avec Socrate, Épicure, Dio-
gène et les poëtes de l'anthologie. Voici Jules César
et les historiens de Rome. Ils ont l'air de converser
ensemble et de préparer un dernier livre à ajouter
à leurs annales, un épisode final à leurs Commen-
taires. Est-ce un rêve ou une réalité que de se promener ainsi dans les rues de Rome et d'Athènes
sous ces portiques splendides où sont classés, avec
tant d'ordre et dans un cadre dont la magnificence

vous laisse plein de stupéfaction, les témoins les plus
importants de la civilisation ancienne et les fonda-
teurs des premières assises sur laquelle la nôtre
s'est élevée?

Sans doute, les archéologues, les artistes et les
hommes spéciaux peuvent seuls s'orienter et se sentir à l'aise dans ces musées. Seuls, ils ont le droit
de distinguer, de disputer ou de contester. Et il est
certain qu'ils ne s'y épargnent pas. A les entendre,
il y aurait un livre amusant et curieux à écrire sur
les vicissitudes et les opérations plus ou moins artistiques ou chirurgicales qu'ont rencontrées ou subies
certaines de ces statues. On m'en montre une qui a
changé de tête plusieurs fois, et à laquelle celle
qu'elle porte aujourd'hui ne va pas encore très-
bien. Telle autre n'a changé que de bras; elle
jouait autrefois de la lyre, elle porte depuis peu
une amphore. De simples matrones se sont vues dé-
créter déesses, et d'autres ont dû quitter leurs autels
et se contenter d'être des portraits des jolies Romaines de la belle époque. Tout cela de par les archéologues! Mais, disons-le bien vite, ces cas-là sont de
rares exceptions. L'authenticité est un des caractères
des musées du Vatican. Trouvées dans les lieux mê-

mes où elles avaient été élevées, célèbres déjà dans
l'antiquité, décrites par les écrivains contemporains,
la plupart de ces statues sont irrécusables. Leur valeur artistique d'un côté, leur corrélation confirmée
par la numismatique et l'histoire de l'autre, est un
double certificat de leur origine.

Le simple voyageur, le touriste vulgaire, ne voit
d'ailleurs aucun de ces dessous; étranger aux cou-
lisses de la science, il reste écrasé et il accepte tout.
Une fois engagé dans cette voie et dans ce courant
de confiance, il se laisserait prendre à la queue du
cheval de Troie si on la lui montrait. Mais que de
pensées traversent son esprit! Que d'impressions
s'éveillent, que de curiosités sont satisfaites, que
d'émotions sont ressenties dans cette course à travers toutes les grandeurs du passé!

Et d'abord, c'est une grande joie et un travail qui
ne coûte aucun effort et qui apaise de vieilles ran-
cunes de collège, que de constater tant de faits historiques, non plus par les récits, mais par les images
sensibles qui se voient ici. Les musées du Vatican
sont le plus magnifique livre illustré que l'on puisse
consulter. Impossible, après l'avoir parcouru, de ne
pas se réconcilier avec cette antiquité latine sur la-

quelle nous avons si souvent bâillé, durant nos jeunes années, sans respect pour Tite-Live ou Quinte-Curce.

A un point de vue plus élevé, y a-t-il une impression plus attachante que celle que vous fait éprouver cette exposition graduée des couches successives de l'art et du travail humain?

L'œuvre étrusque ouvre la voie avec ses vases aux formes si pures, ses décorations archaïques raides et naïves. L'art rudimentaire des premiers Latins lui succède, consacrant les récits et les fables des temps légendaires : la louve allaitant Romulus, les rudes guerriers enlevant les Sabines affolées, Cincinnatus quittant sa charrue. Insensiblement, le ciseau devient plus habile et plus audacieux. Le Grec, devenu tributaire de Rome, paye sa dette en chefs-d'œuvre, immortalise les vainqueurs et donne aux maîtres et aux législateurs du monde un lustre et un éclat sans pareils. Les détails du costume, de la vie privée et de la vie publique, les cérémonies du culte, les scènes domestiques, sont conservés par de splendides bas-reliefs, et l'on ne s'étonne plus de savoir si bien aujourd'hui comment vivait ce peuple qui, à défaut d'imprimerie, confiait à la pierre et au marbre tous ses secrets.

C'est par une galerie unique au monde, consa-
crée à la conservation des inscriptions sacrées prises
dans les catacombes et encastrées dans le mur, que
l'ère nouvelle se manifeste. Ailleurs, les murailles
ont, dit-on, des oreilles; ici, elles ont la parole.
Après les noms des grands hommes et des guerriers
qui ont rempli l'histoire, elles proclament les noms
obscurs de tous ces premiers fervents du martyro-
loge chrétien. Après les persécuteurs, voici les persécutés. Les humbles, les petits, les artisans, les
vierges, de jeunes enfants ont leur place dans ce
Panthéon chrétien, et sont appelés aux honneurs du
triomphe à côté de leurs bourreaux. Ces pierres et
le sang qui les a arrosées sont le fondement du
christianisme.

Une collection d'un rare intérêt est celle qui ras-
semble tous les objets qui ont servi au culte chrétien : les reliquaires, les premiers ornements, les
calices, les patènes et les vases sacrés dont se servait la primitive Église. Près de là s'ouvre la splendide Bibliothèque vaticane avec ses innombrables
trésors. Il faut ici renoncer à décrire. Médailles, mi-
niatures, pierres gravées, papyrus, manuscrits, édi-
tions premières, autographes précieux, tout est là,

tout parle, tout enseigne, et le passé se révèle dans son intéressante et lumineuse transformation!

On comprend, en contemplant ces merveilles, cet irrésistible attrait qu'ont subi certains voyageurs venus à Rome pour y passer un mois, y fixant à jamais leur séjour, pour s'y plonger dans l'étude et dans les recherches.

On se demande, enfin, quelle est la main intelligente et prodigue qui a ramassé toutes ces reliques de l'art et du savoir. Est-ce bien cette puissance ombrageuse que l'on représente si souvent sous les traits de l'intolérance et de l'obscurantisme, et que l'on calomnie à plaisir? Oui, c'est elle. Tous ces trésors sont là conservés, honorés, glorifiés, mis en lumière et livrés aux investigations des érudits par les Mécènes de la vérité, et celui-là même qui a peut-être plus contribué qu'aucun autre à cette ordonnance incomparable est précisément Pie IX, dont le pouvoir temporel a été renversé. Ce qui est certain, c'est que les pétroleurs de Paris ont mis le feu aux quatre coins de notre capitale et qu'ils ambitionnaient de brûler le Louvre. Les papes n'ont jamais brûlé Rome. Ils l'ont patiemment relevée après chacun de ses désastres. Jaloux de sa gloire,

continuateurs respectueux de ses traditions et gar-
diens vigilants d'une vérité définitivement acquise,
c'est à l'ombre et sous la protection de cette vérité
même qu'ils ont placé les chefs-d'œuvre de l'antiquité, et c'est dans leur propre palais qu'ils ont
voulu établir le sanctuaire des arts le plus complet
et le plus splendide qu'il soit donné aux hommes
de contempler!

LE QUIRINAL

J'ai pris ce matin mon courage à deux mains et
me suis dirigé vers le Quirinal. De tous les quartiers
de Rome, il n'en est aucun de plus pénible à visiter. Si partout ailleurs on peut se faire illusion sur
les changements survenus dans l'État romain et oublier la réalité, ici elle se montre avec ostentation, et
écrasante. L'animation qui règne en ce lieu forme
un singulier contraste avec le calme qu'on y remar-
quait il y a dix ans. La charmante fontaine qui s'é-
lève au centre de la place de Monte-Cavallo, décorée
des magnifiques colosses de Castor et Pollux, chefs-
d'œuvre de l'art grec, assiste impassible aux vicis-

situdes qui ont transformé les abords du Quirinal.
Son eau coule claire, vive et abondante, et les grandes statues continuent à découper le ciel bleu de
leurs lignes élégantes. Ombragée du drapeau rouge,
vert et blanc, qui est le tricolore italien, la grande
porte du palais des Papes où se tenaient jadis les
conclaves laisse passer la foule des serviteurs et des
servants de cette cour piémontaise qui campe aujourd'hui sur une des sept collines. Tout le long du
jour et bien avant dans la nuit, les carrosses officiels,
les ordonnances à l'uniforme bariolé et emplumé, les
familiers et les importants, les solliciteurs et les fa-
vorisés se croisent et se coudoient autour de cette
demeure improvisée qui, par droit d'annexion, est
devenue le palais royal du monarque italien. Le sentiment de respect qu'inspire la vue d'une demeure
royale traditionnellement habitée par une race dont
les représentants ont été mêlés durant des siècles aux
destinées d'un pays, palais fondé par eux, témoin
des grands événements historiques qui ont affecté
la nation et la dynastie, ne se produit pas ici. Une
pensée douloureuse s'impose et la remplace. On dit
que le roi Victor-Emmanuel, dominé par les craintes
qui lui venaient d'une prédiction quelque peu ro-

manesque, ne pouvait dormir tranquille sous ses
voûtes dorées. Son fils Humbert n'a pas les mêmes
terreurs ; il habite le Quirinal, mais on assure qu'il
a hérité sans enthousiasme du trône et de la couronne.

Ces grands palais élevés par la main des Papes, et
le Quirinal en particulier qui fut fondé par Gré-
goire XIII en 1574, sont austères et effrayants dans
leurs proportions. Pour un jeune roi, pour une
reine élégante, pour un entourage princier, ces demeures sont réfractaires au confort moderne. On
comprend que des moines y aient vécu, mais on
a de la peine à s'expliquer comment la vie de famille, même royale, s'y peut développer et s'y sentir à l'aise. On a cependant tenté de les accommoder
autrement par une transformation intérieure. Des
sommes considérables ont été affectées à cette mé-
tamorphose. On a fait disparaître de ces plafonds
merveilleux, peints par les plus grands maîtres, les
blasons, les tiares, et ces imposantes inscriptions
latines incrustées dans le marbre qui rappelaient
les élections des différents Papes proclamés dans les
conclaves. Les tableaux de prix ont été écoulés vers
le musée de Turin ou vendus pour suffire aux frais

de ces dispendieuses installations, et grâce à ces grattages intelligents et à ces ventes sombres on a heureusement approprié le conventuel édifice à sa nouvelle destination. Les boudoirs ont remplacé les chapelles, les salles de bal ont succédé aux salles de concile. La croix de Savoie a mis à la porte la croix papale, et les grandes clefs de saint Pierre ont été reléguées au garde-meuble en attendant. De cette façon, et grâce aussi à de nombreux paravents, les princes de Savoie sont somptueusement et peu commodément établis dans cet immense palais, peu fait à leur taille et en désaccord avec sa destination actuelle.

Triste chose au fond que de vivre sous un toit qui n'est pas le vôtre, où rien ne rappelle la tradition, l'honneur des aïeux, le développement progressif de la race. Cette jouissance délicate qui, entre toutes, est celle que les arrivants à la fortune peuvent le moins se donner, de continuer leur famille sous les voûtes paternelles, cette jouissance manque aux rois d'Italie. Certes, ils sont de bonne maison autant qu'aucuns souverains d'Europe; la bravoure est héréditaire dans leur famille, leur étoile a toujours été grandissant, de petits princes ils sont

8

devenus rois d'un grand peuple, et cependant quelque chose leur échappe. Cette chose ils ne la peuvent atteindre. Après les heures du conseil, après les réceptions officielles et les banquets, lorsque les courtisans se sont retirés et que vient pour les souverains eux-mêmes l'heure personnelle, celle de la famille et de l'abandon, où les rois déposent la couronne et le manteau royal, heure intime et où ils ne règnent plus, pourquoi Humbert est-il si sombre? Pourquoi, ouvrant sa fenêtre du Quirinal et contemplant la grande ville endormie, est-il là pensif? — C'est que son regard passant par-dessus Rome, s'arrête de l'autre côté du Tibre; il voit là se dresser devant lui la coupole dorée d'un autre palais, où languit le Prisonnier dépouillé, et pendant que les feux des fêtes royales s'éteignent à Monte-Cavallo, la clarté d'une lampe solitaire qui brille dans la nuit sur les hauteurs du Vatican lui montre un Pontife en prières!

Les débuts du règne du second roi d'Italie ont eu de la peine à se dégager des sombres mystères qui ont marqué la mort foudroyante de son père. Son premier voyage d'avénement royal a été brusquement interrompu par le poignard de Passamante, et l'on

affirme que depuis lors les souvenirs de Humbert se
reportent avec mélancolie vers les rivages du Pô et
de la Doire, vers sa bonne ville de Turin et vers ses
Piémontais fidèles. Quand il songe ainsi à ce royaume
de son enfance, aux charmes des lieux, à la sécurité
des mouvements, aux joyeux déduits de la chasse
dans les bois de Stupinigi, ce Fontainebleau de la
cour piémontaise, et qu'il compare : Peut-être dit-
il comme nos paysans gascons : *Petit miou, qué
tan bau!* Mais quoi qu'il pense ou qu'il préfère, il est
contraint d'aller au fond et de continuer la marche
hasardée dans laquelle son père s'est engagé.

Tant que Victor-Emmanuel a vécu, la solidité du
royaume subalpin était inattaquable. Le Galantuomo,
soutenu par une popularité conquise sur les champs
de bataille, lié avec tous les acteurs de la révolution italienne, personnifiait l'idée unitaire qui en
avait été la suprême aspiration. En le couronnant
elle s'était couronnée elle-même. D'un commun accord et tacitement, il avait été reconnu qu'après ce
succès étourdissant il était indispensable de prendre
un temps d'arrêt. Si gloutonne que soit la révolution
de sa nature, c'étaient de gros morceaux à digérer
que tous ces royaumes, que toutes ces principautés,

cette Lombardie, cette Toscane, ce royaume de Naples flanqué d'une Sicile indisciplinée et d'une Cala-
bre peuplée de brigands, et ce Patrimoine de Saint-
Pierre, berceau de la Papauté, rayonnant de tout
l'éclat du droit et de la Religion. D'ailleurs, après
avoir travaillé, les artisans de cette œuvre, tous enrichis, éprouvaient le besoin de jouir en paix du
bien acquis et n'étaient pas éloignés de croire, leur
position personnelle étant faite, que la révolution
avait terminé son cours.

La mort de Victor-Emmanuel a éclairé d'un jour
nouveau cette situation. Soutenu et encouragé par
les radicaux triomphants en France, le parti républi-
cain se compte et s'organise, et depuis la chute du
ministère Cairoli, beaucoup de gens inclinent à croire
que le roi Humbert pourrait bien n'être pas la der-
nière étape de ce mouvement progressif qui se dé-
veloppe sourdement, éveillant de nouveaux appétits
et d'inconscientes aspirations.

Il faut reconnaître, d'autre part, qu'aux yeux
d'un grand nombre d'Italiens avisés la couronne
confiée à la famille de Savoie est une garantie contre
le désordre et l'anarchie. Les enrichis qui ont pro-
fité des dépouilles du clergé et des biens vendus à

vil prix, les timorés, et ils sont de tous les temps,
sont groupés autour des institutions nouvelles et leur
donnent une certaine solidité. Si la question du Pape
n'était pas là, la situation serait plus claire. Malheureusement, elle est engagée ou pour mieux dire
tranchée contre lui, et, comme de sa nature elle est
inarrangeable par voie de transaction, le malaise
continue et le danger grandit.

Léon XIII inspire par ses antécédents, sa capacité,
la modération de son langage, la prudence de sa
conduite, une grande confiance. — On le sait sage,
expérimenté, adroit, on est même fier de lui et de
sa capacité, et l'on ne parle du Pape autour du roi
Humbert qu'avec mesure. Mais cela ne change rien
au fond des choses. Léon XIII ne peut rien faire, ne
peut rien vouloir pour consacrer les droits nouveaux, et si son avénement a fait concevoir des es-
pérances étranges et peu réfléchies, on doit reconnaître dès à présent, et l'on reconnaitra de plus en
plus, que la question romaine ne dépend pas de lui,
mais uniquement de ceux qui l'ont soulevée et qui
en portent le poids.

Ce serait cependant se faire illusion que de
penser que le rétablissement immédiat pur et sim-

ple du pouvoir temporel du Pape serait la consé-
quence inévitable du renversement du trône du roi
Humbert. Bien que les Romains aient la conscience
qu'ils ont fait en abandonnant la Papauté une assez
mauvaise spéculation, en ce qui touche les intérêts
mêmes de la ville, le souvenir de l'ancien régime n'a
pas laissé au fond de tous les cœurs les mêmes re-
grets. Pour bien des familles du tiers-état et de la
petite noblesse, le gouvernement nouveau a ouvert
des carrières qui faisaient défaut; il satisfait par là
des ambitions que les ressources de la prélature
romaine ne suffisaient pas à contenter. Avec le goût
que la jeunesse romaine a pour la vie libre, extérieure, avec ses allures bruyantes, sa manie de
faire de la politique et de l'opposition, par le costume, les emblèmes, les chansons du soir, les pla-
cards affichés mystérieusement et les conciliabules
secrets, le gouvernement dont elle est nantie, qui
laisse dire, chanter et même faire, ne lui déplait
point absolument. On ne réprime, en effet, rien de
ce qui blesse les mœurs, de ce qui attaque la religion, et après avoir si longtemps subi la contrainte
et vécu de l'autel, ce peuple léger et ingrat se laisse
aller à manger du prêtre sans scrupule. D'ailleurs,

je le dis à regret, je n'ai point constaté, durant mon
séjour à Rome, que les scandales qui s'exhibent
dans les théâtres, en plein vent et dans les lieux
fréquentés, révoltassent, comme je m'y serais at-
tendu, le gros public. Pour l'étranger chrétien qui
constate tout ému et tout indigné les meurtrissures
que la Papauté a reçues, il y a là un mécompte.
Évidemment, les Romains ont encore des illusions
à perdre. Ils jouent au grand jeune homme éman-
cipé et au mauvais sujet, comme des collégiens
échappés. Ils n'ont pas encore senti que ce nom de
capitale italienne qu'ils ont donné à Rome n'est
qu'un leurre. Si Rome l'est de fait de l'Italie offi-
cielle, en réalité elle ne sera plus qu'une ville de
second ordre le jour où elle aura cessé d'être la capitale de la chrétienté tout entière. La tiare valait
mieux pour elle, pour son influence, pour sa gloire
et ses intérêts matériels eux-mêmes, que la couronne
de fer.

C'est donc une mauvaise action doublée d'une
mauvaise affaire.

Il est ici des gens qui inclinent à croire que le
génie italien, si souple, si riche en combinaisons et
si fécond en ressources, moins disposé de sa nature,

que nous ne le sommes en France, à trancher dans
le vif et à pousser les choses jusqu'à leurs consé-
quences les plus absolues et les plus logiquement
extrêmes, trouvera un joint et une solution. Ce qui
paraît impossible ailleurs, pourrait, selon ces poli-
ticiens-là, se voir ici. L'Italie est le pays où les
mauvais ménages ont le secret de marcher d'accord,
et, à leur dire, il est des artifices et des conventions
qui se pourraient découvrir, et au moyen desquels
on conserverait au roi d'Italie sa capitale, tout en la
rendant au Saint-Père, et en assurant son indépen-
dance et sa liberté. — Seulement, ces gens-là sont
très-discrets et très-fins; ils ne disent pas leur secret.
—Il est fort à craindre que ce secret, ils ne le trouvent
pas, et comme, au train dont vont les choses, la révolution gagne tous les jours du terrain, comme la
licence est extrême, que l'insécurité générale est telle
qu'en aucun autre pays elle n'est semblable, que les
attaques contre les propriétés et les personnes sont
de tous les jours, que les finances sont impuissantes
à combler le déficit, que le mécontentement des
provinces favorise dans l'esprit public un travail
contraire à l'unification obtenue, on ne saurait prévoir qu'une chose, c'est qu'à un moment donné

une crise violente éclatera, et que ce beau pays sera
de nouveau livré aux aventures de la révolution.

LE VATICAN ET LÉON XIII

Le titre de citoyen romain était dans l'antiquité
le titre de l'homme libre. Celui qui le possédait
avait une part de cette suprématie que Rome s'at-
tribuait sur l'univers entier. Aujourd'hui, le christianisme a étendu ce privilége et l'a conféré à tout
homme baptisé. De là vient que tout chrétien entrant dans cette grande ville retrouve une patrie et
qu'il voit dans le Pape, chef de la catholicité, un
Père et un Roi.

D'où que l'on vienne, du Nord ou du Midi; quel
que soit le motif qui vous ait mis en route pour
l'Italie, la poursuite de la science ou du bonheur,
le goût des arts ou le dégoût du chez soi, la perte
de la santé ou la simple envie d'en trouver l'emploi
et de courir le monde, arrivé à Rome, ce titre de
fils vous revient à la mémoire. Le Pape inspire un
attrait mystérieux et irrésistib'e. A ce nom, un
tendre et respectueux empressement s'éveille dans

l'âme chrétienne, et elle court au-devant de cette
bénédiction qui l'attend.

Avez-vous vu le Saint-Père? est une question que
deux personnes qui se rencontrent ici s'adressent
inévitablement. Le Saint-Père est, en effet, la plus
auguste, la plus sainte et la plus intéressante mer-
veille que l'on puisse contempler à Rome. Nous
avions, dès notre arrivée, sollicité la faveur d'assister
à la messe du Pape, et nous attendions avec impatience le résultat de cette démarche. Le concours
incessant des étrangers qui arrivent dans la Ville
Éternelle vers l'époque de Noël et les restrictions qui
ont été apportées aux audiences particulières (1),
nous faisaient craindre d'être obligés ou de quitter
Rome sans avoir eu cette consolation, ou d'y prolonger notre séjour au-delà du temps dont nous
pouvions disposer. Il est des gens que ces délais et
ces difficultés étonnent et même qui se fâchent tout
net de ce que le Pape ait autre chose à faire qu'à
les recevoir, qu'à leur raconter ses plans et ses pro-
jets, qu'à leur faire, en un mot, les honneurs de
Rome, soit en y célébrant avec pompe les grands

(1) Depuis la mort de Pie IX.

offices si suivis jadis dans les Basiliques, soit en se promenant dans sa voiture de gala pour le plaisir des yeux !

Ils oublient que la papauté est pauvre, que l'Église est en deuil et qu'à l'impossibilité matérielle de subvenir à des dépenses de luxe qui étaient de mise dans des temps de prospérité, il y aurait aujourd'hui une sorte d'acquiescement donné aux faits accomplis à continuer ce train d'apparat. — Ces mêmes esprits légers, du reste, ne se sentaient-ils pas jadis offusqués par l'éclat et l'étalage de la pompe romaine? — En outre, le Saint-Père a d'autres soins et d'autres soucis, et il a d'autres devoirs.

On se fait difficilement l'idée de ce qu'est la journée du Souverain-Pontife. Il n'y a pas de roi ou d'empereur au monde dont l'existence soit plus remplie. Levé avant l'aube, la prière, les correspondances d'État, l'expédition des affaires ecclésiastiques, les entretiens avec les évêques ou les hommes importants qui viennent les uns après les autres lui exposer les besoins et les intérêts de la catholicité, sa vie est un incessant labeur, et il y a à peine place dans sa journée pour un repas frugal, une promenade hygiénique et le sommeil auquel il

accorde de courtes heures. La mort du cardinal
Franchi, secrétaire d'État, a obligé Léon XIII à con-
centrer dans ses mains une foule d'affaires que le
ministre expédiait précédemment. Ajoutez à cela
l'intérêt particulier que Léon XIII porte à l'ensei-
gnement dans la ville de Rome, les négociations
importantes qu'il poursuit présentement avec l'Allemagne, la Russie et l'Orient, l'étude spéciale qu'il
trouve le moyen de faire de l'état de la religion,
soit dans les divers pays, soit dans les diocèses eux-
mêmes, et l'on restera confondu de l'activité que
déploie cet infatigable apôtre à un âge où d'ordinaire la plupart des hommes regardent leur tâche
comme terminée et n'aspirent qu'au repos. Par la
force même des choses, les audiences qui, sur la fin
du règne de Pie IX, étaient si faciles à obtenir et
qui donnaient au Souverain-Pontife l'occasion de
répandre si abondamment sa parole évangélique, si
pleine d'onction et si harmonieuse, sur des foules
accourues du bout de l'univers pour consoler sa
captivité et vénérer son visage rayonnant de la double auréole du malheur et de la sainteté, ne sont
plus pratiquées aujourd'hui. Nonobstant, le Saint-
Père est très-accessible. Hebdomadairement, les

portes de la grande salle des audiences publiques
sont ouvertes aux fidèles et aux étrangers. Tout catholique et même tout dissident y est admis sans
difficulté et obtient quelques paroles consolantes du
Pape et sa bénédiction apostolique. Mais un très-
petit nombre de personnes est reçu en audience
particulière. Il faut qu'un motif plausible ou qu'une
raison supérieure et de conscience justifie cette exception.

Nous obtînmes la faveur d'être compris parmi
ces rares et enviables élus, et d'entendre la messe
du Saint-Père le jour de saint Jean l'Évangéliste.

.·.

Partis de la Minerve avant l'aube, nous traversons
les rues de Rome endormie, rues longues et étroites, éclairées par les réverbères qui pâlissent et les
lampes des petites madones qui décorent les angles
ou les façades des grands palais. Sur le pont Saint-
Ange nous apercevons le ciel libre, et les étoiles qui
le peuplent nous font penser dans ces jours de Noël
à l'étoile qui conduisait les bergers et les mages à
l'étable de Bethléem. Nous rencontrons les longues

files des maraichers de la campagne qui se dirigent
vers la place Navone, qu'ils vont approvisionner
d'herbes et de légumes. Nous dégageant de ces embarras qui obstruent la voie, nous nous dirigeons
droit vers Saint-Pierre, dont la masse gigantesque
se profile à l'horizon. Là, au centre de la cité léo-
nine, nous prenons à gauche, contournons longue-
ment la grande basilique et venons frapper à la
grande porte cochère du Vatican qui prend jour sur
les murs extérieurs de la ville. La porte s'ouvre sur
la présentation des invitations dont nous étions mu-
nis. La garde papale nous introduit; nous roulons
dans la cour supérieure du palais et descendons de
voiture au pied du grand escalier de marbre construit par Pie IX, escalier chef-d'œuvre dont la
rampe insensible vous conduit sans effort au dernier étage de ce palais aérien qu'habitent ensemble
le Pape et les fresques de Raphaël.

A cette heure matinale, tout le Vatican est déjà
plein d'animation. Dans la grande cour sont ran-
gées de nombreuses voitures qui attendent. La garde
suisse, au pittoresque costume dessiné par Michel-
Ange, et la garde palatine, qui dépend uniquement
du Pape, gardent les issues, et, à l'étage supérieur,

on aperçoit des lumières qui veillent en attendant le jour nouveau, que la prière du Saint-Père a devancé et a déjà béni.

Introduits dans la grande antichambre, nous déposons nos chapeaux et nos manteaux. Les femmes se présentent vêtues de noir et en voile. Les hommes sont sans gants, en habit et en cravate blanche.

Ce n'est ni à la chapelle Sixtine, ni à la chapelle Pauline que le Saint-Père célèbre la messe ; ce n'est même pas dans l'oratoire particulier qui était à l'usage de Pie IX. Les appartements du Pape ont été remaniés à l'avénement de Léon XIII, et un oratoire, communiquant avec la chambre même du Saint-Père, a été disposé dans un local si restreint, que l'autel et le prie-Dieu sur lequel Léon XIII se met à genoux avant et après le saint sacrifice, le remplissent presqu'en entier.

Un grand salon de forme allongée, tendu de damas et dont la porte aux larges chambranles de marbre ouvre juste en face de l'autel, sert de nef à cette chapelle improvisée. L'ensemble en est riche et sévère, mais l'architecte n'a pas cherché à lui donner un caractère religieux particulier. Il n'y a pas de siéges, pas de meubles, sauf une console do-

rée recouverte d'une table de marbre de granit
oriental qui porte un magnifique crucifix de bronze,
devant lequel brûlent deux candélabres d'argent.
En face, dans la grande cheminée sculptée aux tiares pontificales, un feu est allumé et un vaste écran
en adoucit le rayonnement. Feu inutile, d'ailleurs,
car la saison est douce. On se place en silence, sans
préséance aucune, le plus près possible. Trente personnes environ, de tout rang et de toute condition,
composent l'assistance, et l'on attend avec fièvre et
émotion.

Enfin, à sept heures précises, le Saint-Père entre
dans son oratoire assisté d'un prélat de sa maison,
fait une courte préparation, revêt ses habits sacer-
dotaux et commence sa messe.

Je n'essaierai pas de dire ce que cette cérémonie
a de profondément émouvant. Elle ne diffère en aucune de ses parties de la messe d'un simple prêtre,
et, cependant, il semble que ce sacrifice a un sens
nouveau. Les prières de la messe, rapprochées du
rang, de la sainteté et de la situation actuelle de
celui qui les récite, causent une impression pénétrante qui, tour à tour, exalte et attendrit. Ainsi
le *Confiteor* du Saint-Père frappant sa poitrine et

s'inclinant plein de repentir au pied de l'autel, et le *Pater* où il prie pour ses ennemis, sont des moments particulièrement pathétiques. La voix du célébrant, pressante et émue, jaillit de son âme avec une vivacité d'intention inconnue. On sent que cette prière a des ailes. Mais l'instant, saisissant entre tous, est celui où, après avoir invoqué dans le canon l'intercession des apôtres et des martyrs de l'Église des catacombes, et consacré l'hostie sainte, il converse face à face avec son divin Maître et lui demande son secours et son inspiration au milieu des périls qui le menacent et de la persécution que souffre la catholicité!

En vérité, lorsque les apôtres assistaient aux sublimes visions du Thabor, ils n'étaient pas plus près du Dieu vivant que l'on ne s'y sent à ce moment-là!

Le Saint-Père donne la communion aux personnes présentes. Elles viennent s'agenouiller sur les marches de l'autel, et se retirent aussitôt.

Après la messe, le Pape quitte ses ornements, se retourne vers l'assistance et admet les invités au baisement des pieds. Le plus grand recueillement préside à cette cérémonie. La voix seule de Léon XIII, bénissant des fronts inclinés, se fait entendre.

9

Comme nous étions aux fêtes de Noël, les personnes attachées au service de la maison papale, usant
du privilége qu'elles ont, à cette occasion, de présenter au Pape leurs enfants nouveau-nés, arrivèrent
en foule, portant de petits enfants.

Ce fut une scène charmante et comme une page
de la vie intérieure du Vatican. C'était aussi une
page de l'Évangile, et, à ceux qui auraient trouvé
étrange cette familiarité pleine d'abandon, il eût été
facile de répondre le « *Sinite parvulos venire ad me* »,
de Notre-Seigneur Jésus-Christ.

Deux jours après, nous eûmes l'honneur d'être
reçus en audience particulière au Vatican.

.*.

Les deux traits saillants du Pape Léon XIII sont
sa grande taille et la finesse de sa physionomie.
Cependant, rien n'est grêle en lui, l'ensemble est
plein d'ampleur et de majesté. La tête, les lignes
du visage, le nez, la bouche, sont tracés avec har-
diesse, et l'expression est mobile, italienne et très-
spirituelle. L'œil est vif, le regard pénétrant. Le
front haut et large porte la trace des grandes et

graves pensées, mais facilement aussi il s'adoucit,
se déride et s'éclaircit avec sérénité.

La pâleur de la face et la blancheur des cheveux
annoncent l'âge et l'austérité, tandis que la vivacité
des mouvements indique la jeunesse intérieure et
la sensibilité. En un mot, c'est un beau type de
vieillard vif et vert. Les années ont passé sur lui,
et cependant on ne voit aucun ravage dans les traits
ou dans les tons, rien de caduc, rien de plombé,
tout est ferme ou transparent. Le frein qu'une nature maîtresse d'elle-même a imposé à la volonté,
a conservé aux lignes toute leur pureté. En l'appro-
chant, ce n'est pas le rayonnement seul de la vertu
qu'on ressent, c'est aussi celui d'un esprit que la
vertu gouverne et qu'une lumière intense éclaire.

Par moment, lorsqu'il médite ou prie, on dirait
que le poids de la tiare courbe et écrase son corps ;
mais s'il parle, aussitôt il se relève, domine tout ce
qui l'entoure, et, s'il marche, ceux qui l'accompa-
gnent ont de la peine à le suivre, tant il est plein
de vitalité.

Quoique la voix du Saint-Père trahisse une certaine fatigue et manque d'ampleur, elle a de la portée et se fait bien entendre lorsqu'il parle en public.

C'est surtout l'expression propre, pure, facile et simple qui fait le charme de son discours. Qu'il parle italien ou français, qu'il cite les meilleurs auteurs sacrés ou profanes, anciens ou modernes, tout annonce en lui l'érudit, le lettré, l'homme de goût. Mais ce ne sont pas seulement les livres qu'il connaît, ce qu'il sait mieux encore, ce sont les hommes, c'est l'Europe, c'est l'histoire entière et les besoins de son temps.

L'intérêt et la bienveillance avec laquelle le Saint-Père reçoit ceux qui viennent à lui, abrégeant le cérémonial, raffermissant les timides, ouvrant les âmes à la confiance et caressant les souffrances, est un trait de cette paternité sacerdotale qu'il exerce sur l'universalité du monde catholique. — Les souverains ont dans leurs audiences d'ordinaire une grande indifférence ou une préoccupation personnelle qui les retient. Ils se montrent, il est bien rare qu'ils se donnent. Ici, vous pouvez voir la charité évangélique produire de merveilleux effets. Le Pape seul écoute et recueille avec la même faveur le riche et le pauvre; il lui suffit qu'on soit chrétien.

C'est bien ainsi qu'on se représente un grand

Pontife embrassant toutes choses et accessible à
tous; patient, doux, indulgent, fort, inébranlable,
affectueux comme saint Jean, et cloué au devoir de
son ministère sacré comme Jésus l'était sur la croix.

On avait dit qu'à la mort de Pie IX la papauté
devait décroître et prendre fin. Il semblait que,
protégé par une auréole lumineuse, connu et person-
nellement aimé de son peuple, transfiguré par ses
malheurs mêmes, par la durée exceptionnelle et
presque miraculeuse de son règne, par l'importance
des décrets dogmatiques qu'il avait portés, par sa
piété sereine, par son charme, par son prestige ap-
parent et par sa sainteté, Pie IX disparaissant, la
papauté devait descendre avec lui, sinon dans le tombeau, du moins dans l'ombre. Allez au Vatican, et
vous la retrouverez rayonnante d'un éclat renouvelé
et permanent!

Et tandis que le monde prétendu nouveau s'agite
et se remue dans Rome, voyez le Pontife! Il reste
vivant : L'univers entier l'écoute, sa parole brise
les chaînes matérielles dont ses mains sont chargées; et par-delà les limites de la cité, par-delà
les Alpes, par-delà les mers, les peuples le saluent,
l'acclament, et il règne plus dans cette capitale qu'on

lui a enlevée que ce monarque dont le trône est dé-
fendu par le glaive et soutenu par des courtisans
qui le flattent, mais qui ne le sauveront pas.

FIN

Toulouse, imprimerie Douladoure-Privat, rue Saint-Rome, 39. — 2202